KB072985

김문형 新무협 판타지 소설

FANTASTIC ORIENTAL HEROES

실명무사 3

김문형 新무협 판타지 소설

초판 1쇄 찍은 날 § 2019년 5월 20일
초판 1쇄 펴낸 날 § 2019년 5월 27일

지은이 § 김문형
펴낸이 § 서경석

총괄팀장 § 노종아
편집책임 § 신나라

펴낸곳 § 도서출판 청어람
등록번호 § 제387-1999-000006호
등록일자 § 1999. 5. 31
어람번호 § 제2-2789호

주소 § 경기도 부천시 부일로 483번길 40 서경B/D 3F (우) 14640
전화 § 032-656-4452 팩스 § 032-656-4453
http://www.chungeoram.com
E-mail § chungeorambook@daum.net

© 김문형, 2019

ISBN 979-11-04-91994-7 04810
ISBN 979-11-04-91975-6 (세트)

도서출판 청어람

3

실명 무사

김문형 무협 판타지 소설

FANTASTIC ORIENTAL HEROES

1장.

둘 중 하나가 망자다

무명 일행이 탈출한 이후 건물은 불길이 치솟아 올랐다.

그때 서두르는 바람에 송연화가 기름불을 엎질렀다. 그런데 하필 그곳에 비단 천이 잔뜩 쌓여 있었던 것이다.

작은 불길은 비단 천을 연료 삼아 크게 솟구쳤다. 그리고 삽시간에 건물 전체로 퍼졌다.

한동안 비가 내리지 않아 말라 있던 건물은 그대로 화염에 휩싸였다.

내원 깊숙한 곳에 있는 건물. 게다가 귀비의 명을 받은 금위군은 건물에서 소란이 벌어져도 모르는 척했다.

때문에 건물이 통째로 불타오른 뒤에야 사람들이 불을 끄러 달려왔다.

불길은 좀처럼 잡히지 않았다. 밤새도록 타오른 불길은 건물을 전소시키고 새벽이 되어서야 꺼졌다. 다른 곳으로 불길이 옮아가지 않은 게 천만다행이었다.

건물에는 귀비를 모시는 궁녀 수십 명이 있었다. 하지만 그들 중 누구도 건물을 빠져나오지 못했다.

건물을 탈출한 자는 단지 네 명에 불과했다.

무명, 송연화, 수로공, 그리고 정혜귀비.

내원은 남성이 출입할 수 없는 곳이지만, 금위군과 인부들이 화재 처리를 위해 특별히 발을 들이도록 허락되었다.

인부들은 전소한 건물을 보며 혀를 찼다.

"기둥뿌리 하나 남기지 않고 홀랑 타버렸군."

그런데 그중 한 명이 이상한 말을 중얼거렸다.

"왠지 불길한 기분이 드는데? 마치 과거에 불타 버린 옛 황궁처럼⋯⋯."

"쉿! 자네는 목숨이 두 개인가? 입조심하게!"

"아, 알았네."

인부는 동료의 충고를 듣고 바로 입을 다물었다.

실은 예전 황제가 수도를 북경으로 옮기기 이전, 옛 황궁이 불타 버리는 사건이 있었다.

내원 건물이 불탄 사고가 마치 그때 일을 연상케 했다.

하지만 아무도 그 일에 대해 감히 말을 꺼내지 못했다.

괴이한 일은 그것만이 아니었다.

며칠 후, 화재 장소를 모두 치웠는데 희생자들의 유골이 나오지 않았던 것이다.

불길이 너무 세서 유골이 화장된 것처럼 잿더미가 된 것도 아니었다. 재가 되지 않은 유골이 한 구 발견되었기 때문이다.

그것은 오른손의 뼈가 없는 유골이었다.

사람들은 당연히 그것이 금위군 총대장의 유골일 거라고 생각했다.

금위군은 그 일을 놓고 수군거렸다.

"총대장님이 정혜귀비를 구하시다가 유명을 달리하셨다면서?"

"그래. 목숨을 걸고 귀비를 지키셨으니, 황상이 무당파에게 큰 상을 내리시겠지."

"그럼 뭐 하나? 사람이 살아서 부귀영화를 누려야지, 죽으면 무슨 소용인가?"

"자네 말이 맞군."

사람들은 겉으로는 금위군 총대장 청일의 충심이 대단하다고 칭송했다. 그러나 속으로는 그가 헛죽음을 했다고 생각했다.

괴이한 점은 궁녀들 유골의 행방이었다.

수십 명이 넘는 궁녀들의 유골은 어디로 사라졌을까? 청일의 유골은 재가 되지 않았다. 그렇다면 유독 궁녀들의 유골만 잿더미로 타버렸다는 말인가?

궁녀들의 유골이 온데간데없이 사라진 수수께끼.

화재를 몇 번씩 경험한 인부들도 누구 하나 그 일을 설명하지 못했다.

사건을 수사하러 온 판관도 영문을 알 수 없어서 고개만 갸웃거렸다.

오직 단 한 명만이 사건의 진상을 알고 있었다.

바로 무명이었다.

그는 궁녀들의 유골이 발견되지 않은 이유를 짐작하고 있었다.

'황궁 밑에는 망자들의 지하 감옥이 있다.'

내원 건물 어딘가에도 필시 지하 감옥으로 연결되는 통로가 있을 것이다.

궁녀들은 그곳을 통해 건물을 빠져나가 사라졌으리라.

또한 정체 모를 그림자 역시 지하 감옥을 통해 황궁으로 들어왔을 것이다.

청일이 지하실에서 그림자와 마주쳤을 때, 무명은 어둠 속에서 둘을 지켜보고 있었다.

무명은 그림자를 보는 순간 직감했다.

'저자는 망자다.'

그게 아니고서는 귀비의 궁녀들이 갑자기 망자로 변한 까

닭이 설명되지 않는다.

문제는 그림자의 얼굴을 알아볼 수 없었다는 것이다.

그림자는 금위군 총대장 청일에게 하대를 했다.

또 청일이 책장을 손에 넣은 사실을 알고 있었다.

무엇보다 그림자는 황자 중 한 명이었다.

무명은 소림사에서 제갈성이 한 말을 떠올렸다.

'황족이나 고관대작 중에 망자의 우두머리가 있소. 어쩌면 황제일지도 모르오.'

제갈성의 말은 사실이었다. 하지만 칠흑 같은 어둠 속이라 그림자의 이목구비를 전혀 살필 수 없었다.

무명은 입술을 깨물며 생각했다.

'모처럼 잡은 기회를 놓쳐 버렸군.'

어쨌든 황궁에 숨어든 망자를 찾는 길이 열린 셈이었다.

황자 중에 망자로 변한 이가 있다. 그가 망자의 우두머리라면, 망자 멸절 계획은 한 단계 전진했다고 할 수 있었다.

건물을 탈출한 날 저녁, 무명은 처소를 찾아온 송연화에게 지하실에서 그림자를 목격한 이야기를 했다.

송연화는 그 얘기를 듣고 깜짝 놀랐다.

"정말이에요? 황자 중에 망자가 있다고요?"

"그렇소."

무명이 자세한 일을 설명했다.

얘기를 들은 송연화는 무거운 표정으로 고개를 끄덕였다.

"황궁에 망자가 숨어 있다는 소문이 사실이었군요."

"누가 망자일 것 같소?"

"황자 중에서 현재 권력을 가진 자는 둘이에요. 태자와 영왕. 넷째 황자인 경왕은 먼 운남 땅에서 음풍농월한다고 들었어요. 그가 망자일 리는 없어요."

"그럼 태자와 영왕, 둘 중 누군가가 망자라는 소리군."

"그래요."

송연화는 고민이 깊은지 눈썹을 찡그리며 말했다.

"일단 태자는 망자가 아니에요."

"왜 그렇게 생각하오?"

"태자는 정혜귀비의 아들이에요. 그런데 금위군 총대장은 귀비의 심복이었어요. 청일은 태자의 수하나 마찬가지란 말이죠."

"태자가 자기 부하인 청일을 죽일 이유가 없다는 뜻이오?"

"그래요."

"좋소. 그럼 영왕은 어떻소?"

"그게… 영왕은 더욱 망자일 리가 없어요."

그녀의 설명은 이랬다.

태자는 말수가 적고 성격이 붙임성이 없어서 평판이 좋지 않았다.

반면 영왕은 사람들 사이에서 인기가 높았다.

귀족과 고관대작의 상당수가 이미 영왕의 아래로 포섭되었다는 소문이 나돌고 있었다.

"사람들은 지금 태자가 폐태자가 되고 영왕이 황상의 총애를 입어 새 태자가 될지 모른다고 얘기해요. 기다리기만 하면 천자의 자리에 오른다는 뜻이죠. 그런 영왕이 망자일까요?"

"그도 그렇군."

무명은 고개를 끄덕였다. 그녀의 말은 일리가 있었다.

하지만 그는 자신의 추측을 송연화에게 말하지 않았다.

'태자와 영왕, 둘 중 하나는 연기를 하고 있는 것이 틀림없다.'

태자가 망자라면? 청일이 망자비서를 얻고도 바치지 않았기 때문에 죽였을 것이다.

영왕이 망자라면? 태자를 견제하기 위해 정혜귀비의 심복인 청일을 죽였을 것이다.

즉, 둘 다 청일을 제거할 이유는 충분했다.

무명은 속마음을 숨기기 위해 화제를 바꾸었다.

"청일의 유골이 발견된 것이 그나마 다행이오."

"무엇 때문이죠?"

"무당삼검인 그가 되살아난 시체로 둔갑해서 복수하려고 찾아온다? 그보다 더한 악몽은 없지 않겠소?"

"듣고 보니 그렇군요."

송연화는 몇 마디 얘기를 더 나눈 뒤 무명의 처소를 떠났다.

무명은 금위군 총대장 일의 손익을 따져봤다.

'잃은 것은 서고의 책장이다. 얻은 것은 태자와 영왕 중에 망자가 있다는 사실이다.'

이득을 본 건지 손해를 본 건지 알 수 없었다.

무명은 그것으로 사건이 일단락되었다고 생각했다.

그러나 뜻밖의 사건이 무명을 기다리고 있었다.

다음 날, 무명은 소행자를 불러서 그림 한 장을 건넸다.

"이게 무엇입니까?"

"황궁 밖의 옷집에 가서 그림을 보여주고 의복을 맞춰 오너라."

그것은 이중 주머니가 부착된 옷의 그림이었다.

서고 지도는 책장이 사라졌기 때문에 이제 필요 없었다. 무엇에 쓰는지 알 수 없는 비녀 또한 잃어버려도 상관없었다.

하지만 무림패와 인피면구는 달랐다.

청일에게 납치된 것 같은 일이 다시 생긴다면 두 물건은 빼앗기고 말 것이다. 무명은 그걸 방지하기 위해 이중 주머니가 달린 의복을 생각해 낸 것이었다. 설령 자신을 납치한 자가 몸을 수색해도 옷의 두꺼운 안감쯤으로 여기리라.

"이 그림대로 의복을 주문해라. 관복 두 벌, 청의 두 벌, 모두 네 벌이다."

"알겠습니다, 장 공공."

그는 황궁을 나갈 때 입을 청의까지 준비를 했다.

무명은 소행자에게 의복값에 더해서 심부름 삯을 두둑이 주었다. 소행자는 기쁜 얼굴로 처소를 나갔다.

무명이 일부러 소행자를 부른 것은 왕직 때문이었다.

그가 수로공한테 모든 사정을 귀띔하는 게 꺼림칙했던 것이다.

'금위군 총대장이 죽고 없으니, 이제 귀비의 최측근은 수로 공이라고 할 수 있겠지.'

내원 건물이 불타던 밤.

궁녀들이 모두 망자가 되었는데, 수로공은 멀쩡히 살아남아 삼 층으로 올라왔다.

'그는 무언가 숨기고 있는 게 있다.'

황궁에서는 품계가 육품인 수령태감이 환관의 우두머리이며, 다음으로 높은 지위는 총관태감이었다.

수로공이 총관태감 중 한 명이었다.

무명이 환관 장량을 가장하여 황궁에 잠행하기 훨씬 전부터 왕직은 수로공의 명을 받고 움직였을 것이다. 무명에게 접근한 것도 수로공의 명령일지 모르는 일이었다.

'왕직을 너무 가까이하지 말자.'

무명은 그렇게 마음먹었다.

그런데 어이없게도 한 시진도 못 되어 왕직이 찾아왔다.

"장 공공! 큰일을 하셨습니다!"

그는 처소에 들자마자 호들갑을 떨었다.

"불길이 활활 타오르는 건물 속으로 몸을 던져서 정혜귀비를 등에 업고 탈출하셨다지요? 정말 대단하십니다!"

"……"

무명은 기가 막혔다. 소문이 이상하게 부풀어 오른 것 같았다.

"별일 아니었네."

"그럼요, 그럼요! 장 공공의 충심은 하늘이 아는 것인데, 타오르는 불길이 어찌 장 공공의 앞을 막을 수 있었겠습니까?"

무명은 골치가 아파서 손을 내저었다.

"알았으면 됐네. 그만 가보게."

그런데 왕직이 뜻밖의 말을 했다.

"소문은 들으셨지요? 곧 장 공공께 큰 상이 내려올 것입니다."

"상이라고?"

무명은 목숨을 건진 귀비가 상을 주려는 게 아닐까 생각했다.

"혹시 정혜귀비가 나를 보자고 하시던가?"

그는 귀비 생각을 떠올리자 한숨부터 나왔다. 설마 죽을 뻔한 위기를 겪고서도 다시 환관을 불러서 성 노리개로 삼으려는 것은 아니겠지?

그때 왕직이 고개를 저으며 말했다.

"무슨 말씀이십니까? 그보다 더욱 큰 상입니다!"

"더욱 큰 상?"

"그럼요! 정혜귀비가 누구십니까? 바로 태자의 생모가 아닙니까?"

"그건 알고 있다. 그래서?"

"환관이 목숨을 걸고 태자의 생모를 구했다는 소문이 황궁에 파다합니다! 사람들이 떠들기를, 곧 황상께서 장 공공에게 상을 내리실 거랍니다!"

"황상?"

무명이 깜짝 놀라 되물었다.

"네! 황상께서 장 공공 얘기를 듣고 크게 기뻐하셨다고 합니다!"

"……."

망자가 코앞을 지나가도 냉정하던 무명도 이번만큼은 정신이 멍해졌다.

그런데 놀라움은 그것으로 끝나지 않았다.

"황상께서 장 공공을 부르는 자리에는 귀비는 물론 태자도 오신다고 합니다. 생모를 구한 은인이니, 태자도 상을 내리시겠지요!"

무명은 침을 꿀꺽 삼켰다.

태자. 황궁에 숨어든 두 망자 용의자 중 한 명.

그를 직접 배알하는 자리가 생긴다면, 망자에 대한 비밀도 한 꺼풀 벗겨질 것이다.

무명의 두 눈이 반짝 빛났다. 그가 천천히 고개를 끄덕였다.

"듣던 중 좋은 소식이군."

그리고 삼 일 뒤.

관리가 와서 환관 장량은 무영전(武英殿)에 들라는 황명을 전달했다.

무명은 바닥에 엎드려서 고개를 조아린 채 황명을 들었다.

"황명이오. 환관 장량은 오늘 오시(午時)에 무영전에 들라."

무명은 왕직을 불러 황상 앞에서 주의해야 할 사항을 들었다. 왕직은 무명이 황상을 뵙는 것을 자기 일처럼 좋아했다.

"장 공공, 대단하십니다! 정말 황상을 배알하시다니요!"

"고맙네. 자네 도움이 컸네."

무명도 오늘만큼은 왕직의 아첨을 그냥 놔두었다. 그는 왕직과 소행자에게 두둑이 은자를 챙겨주었다. 손이 큰 상전 행세를 하는 것이 황궁 잠행에 도움이 될 테니까.

무명은 오시가 되기 반시진 전에 무영전에 도착했다.

그리고 대전 앞에서 황상이 오기를 기다렸다.

대전은 금위군이 경비를 서고 있었다. 내원 건물이 불타는 일이 벌어졌으니, 금위군의 기강은 삼엄하다 못해 서리가 내릴 정도였다. 환관과 궁녀 들은 금위군의 눈치를 보며 조용히 움직였다.

반면 임시로 금위군 총대장이 된 자의 표정은 달랐다.

그는 겉으로는 기강을 잡기 위해 부하를 질타했으나, 얼굴에는 슬쩍 미소가 스쳐 지나가곤 했다. 청일이 죽는 바람에 임시로나마 총대장 직위에 오른 그는 출세한 기분이었던 것이다.

삼엄한 경비가 철통같은 무영전.

하지만 무명은 고개를 저었다.

'망자가 지하 감옥을 통해 황궁에 잠행한다면? 금위군의 경비는 없는 것이나 마찬가지다.'

돌바닥에 서서 한참을 기다렸을 때였다.

대전 밖에서 관리가 목소리 높여 외쳤다.

"황제 폐하 납시오!"

금위군, 환관, 궁녀가 수백 명 넘게 운집해 있는 대전 안이 순식간에 쥐 죽은 것처럼 고요해졌다.

곧 황룡포(黃龍袍)를 입은 황제가 대전 안으로 들어와 상좌에 앉았다.

사람들은 바닥에 엎드려 일제히 절을 하며 만세를 외쳤다. 그런 다음 그대로 부복한 채 황제의 말을 기다렸다.

황제가 낮은 목소리로 말했다.

"모두 고개를 들라."

무명은 사람들을 따라 고개를 들었다.

황제는 풍상을 많이 겪었는지 얼굴에 주름이 많고 인상을 잔뜩 찌푸리고 있었다. 게다가 상좌에 한쪽 팔을 기대고 삐딱하게 앉은 모습이 만인지상인 천자라고 하기에는 어딘가 부족해 보였다.

무명은 차라리 소림사 방장 무혜와 옥면서생 제갈성이 황제보다 더 위엄이 있다고 생각했다. 웅장한 기운은 무혜가, 비범한 자태는 제갈성이 황제보다 나았다.

그런데 황제는 혼자서 대전에 들어오지 않았다.

아까는 없었던 사람 세 명이 황제의 뒤쪽에 나란히 서 있었던 것이다.

그중 한 명은 무명도 아는 얼굴이었다. 바로 정혜귀비였다.

다른 두 명은 처음 보는 얼굴이었다. 하지만 무명은 그들이 누구인지 알아차렸다.

황제 말고도 황룡포를 걸칠 수 있도록 허락된 자.

바로 황제의 두 아들인 태자와 영왕이었다.

태자와 영왕은 황제의 두 아들답게 서로 닮아 있었다. 둘다 살집이 어느 정도 붙은 당당한 체구에, 쏘아보는 듯한 눈매를 하고 있었다.

그러나 다시 보면 둘은 전혀 다른 사람이라는 것을 알 수 있었다.

태자는 두 눈썹이 한데 모일 정도로 잔뜩 찌푸린 얼굴이었다. 게다가 얼굴빛이 칙칙하고 어두워서 왠지 음침한 기색이었다.

반면 영왕은 입꼬리가 말려 올라가도록 환하게 미소를 짓고 있었다. 또한 총총히 빛나는 두 눈은 보는 사람들로 하여금 호감을 가지게 했다.

어머니가 달라서일까, 아니면 주위 환경 때문일까.

태자와 영왕은 형제라고 하기에는 외모와 분위기가 하늘과 땅만큼이나 달랐다.

황제가 말했다.

"장량이 누구냐?"

"소신입니다. 장량, 폐하를 뵈옵니다."

무명이 머리를 세 번 바닥에 조아리며 말했다.

"네가 귀비를 업고 불타는 내원에서 탈출한 게 사실이냐?"

"그렇사옵니다."

"환관의 몸으로 가상하구나. 그때 환관이 옆에 있었던 게 참으로 다행이렸다."

"……"

무명은 대답할 말이 없어서 고개만 조아렸다.

황제의 말속에 가시가 들어 있었다. 그는 유독 '환관'을 강조해서 말했던 것이다.

만약 귀비를 업은 자가 환관이 아니라 평범한 남자였다면? 황제는 귀비를 구한 공로보다 자신의 여인을 건드린 불경죄를 먼저 물을 것처럼 보였다.

양물을 거세하지 않은 채 환관을 가장하고 있는 무명. 정체를 들키는 순간 그는 죽은 목숨이리라.

황제가 옆에 있는 관리에게 말했다.

"여봐라. 저 환관의 품계를 높이고 부총관태감에 임명하라."

"명을 받들겠습니다."

무명은 깜짝 놀라 고개를 들었다.

부총관태감이면 수로공 바로 다음 품계였다. 무명은 그야말로 하루아침에 벼락출세를 하게 된 것이었다.

무명은 고개를 바닥에 박으며 외쳤다.

"황은이 망극하옵니다."

그러나 황제는 무명은 돌아보지도 않고 자리에서 일어섰다. 그리고 횅하니 몸을 돌려서 대전을 나가 버렸다.

천하에 아무것도 거칠 게 없는 만인지상. 평생 그 자리에 익숙한 천자다운 행동이었다.

정혜귀비도 무명에게 한번 눈길을 던진 뒤 황제를 따라갔다.

그녀의 눈빛에는 그날 일에 대해 고맙다고 하는 감정만 실려 있을 뿐, 무명을 성 노리개로 보는 기색은 없었다. 무명은 속으로 안도했다.

그런데 태자와 영왕은 황제를 따라 나가지 않았다.

무명은 시선이 마주치지 않도록 조심해서 둘을 살폈다.

두 명의 황자, 아니, 두 명의 망자 용의자.

태자가 한 발 앞으로 나서며 말했다.

"네가 장량이냐? 어마마마를 구하느라 고생이 많았다."

"아닙니다. 정혜귀비께서 홍복이 있으셔서 무사하신 것일 뿐, 소신은 한 일이 없습니다."

무명은 황궁에서 아랫사람이 높은 자에게 항상 하는 아첨 섞인 대꾸를 했다.

태자는 그 말을 듣자 코웃음을 쳤다.

"흥, 그렇군. 네 공로가 크니 나도 네게 상을 내리겠다. 뭐 필요한 것이 없느냐?"

"황상의 은혜를 받고 있어서 달리 필요한 것은 없습니다."

"정말이냐? 그럼 관두도록 하지."

태자가 오만한 미소를 지으며 말했다.

만약 왕직이 이 자리에 있었다면 땅을 치며 후회했으리라. 그만큼 태자의 언행은 황궁 일에 관심 없는 무명이 듣기에도 정나미가 떨어지는 것이었다.

그때 조용히 있던 영왕이 끼어들었다.

"형님, 이자에게 문화전의 서고 관리직을 맡기시는 건 어떻습니까?"

"서고 관리? 환관이 무슨 놈의 서책이냐?"

"아닙니다. 듣기로는 이자가 귀비마마께도 서고 일을 청했다고 합니다."

영왕이 무명을 돌아보며 물었다.

"네가 서고 일을 자청했다는 얘기가 맞느냐?"

"그렇습니다."

"좋다. 내 아바마마께 네가 계속 서고에서 일을 할 수 있도록 청을 하마."

"성은이 망극하옵니다."

무명이 고개를 조아렸다. 그런데 영왕의 말은 그것으로 끝이 아니었다.

"네가 글 읽기를 즐긴다고 하여 내 특별히 문방사보를 준비했다. 아랫것들을 시켜 처소로 보낼 테니, 잘 쓰도록 하여라."

"……."

문방사보(文房四寶). 서생이 글을 쓸 때 필요한 종이, 붓, 먹, 벼루를 뜻하는 말이다.

무명은 멍하니 고개만 조아렸다. 영왕의 세심한 처사에 말문이 막혔던 것이다.

물론 무명이 감동해서 말을 못 잇는 것은 아니었다.

그는 생각했다.

'영왕, 이자는 확실히 천자의 자리를 노릴 만하다.'

영왕은 무명과 귀비 사이에 있었던 일은 물론, 무명이 서고에서 학사와 나눈 대화까지 모두 알고 있는 게 분명했다.

무명과 처음 만났을 때 학사는 서책의 제목을 읽어보라고 시켰다. 무명은 거침없이 백씨장경집이라 대답했다.

영왕은 누군가에게 그 얘기를 들은 게 틀림없었다. 학사에게 직접 들었든, 황궁에 심어둔 세작을 통해 들었든. 때문에 영왕은 무명이 글을 읽을 줄 안다는 사실을 기억하고 문방사보를 상으로 준비했던 것이다.

무명은 무심코 고개를 끄덕였다.

'과연 사람들이 따를 만한 자군.'

매사가 귀찮다는 듯이 안하무인으로 행동하는 태자. 다른 사람의 기분을 세심히 살피면서 마음을 얻는 영왕.

무명은 왜 많은 고관대작이 영왕의 수하로 들어갔는지 이해가 됐다.

잠깐 동안 무명은 영왕이 망자일 리가 없다고 생각했다.

그러나 금세 고개를 흔들었다.

'아니다. 경솔하게 생각하지 말자.'

인기가 많다고 해서 망자가 아니라는 법은 없었다. 망자가 얼마나 연기를 잘하는지는 구자개를 통해 이미 깨닫지 않았는가.

무명은 태자와 영왕을 살폈다. 과연 누가 그날 밤의 그림자였을까?

하지만 아무리 봐도 알 수 없었다. 두 사람의 목소리가 그림자와 전혀 달랐기 때문이다. 그림자는 그날 목소리를 바꿔서 말한 게 틀림없었다.

게다가 태자와 영왕은 키와 체형까지 비슷했다. 그림자의 이목구비를 보지 못한 이상, 둘 중 누가 그림자라고 말하기는 힘들었다.

무명은 도박을 하기로 결심했다.

그가 영왕을 향해 고개를 조아리며 말했다.

"소신, 감격하여 말을 못 잇겠습니다. 황궁의 모든 서책을 한 권도 빠짐없이 관리하도록, 소신, 최선을 다하겠습니다."

무명은 말속에 가시를 숨겨두었다.

망자비서는 황궁에 있다고 소문이 퍼져 있었다. 그러나 황궁에 서책이 있다고 해서 꼭 서고에만 있으리라는 법은 없지 않은가?

즉, 무명은 책장에 망자비서가 없다고 넌지시 말한 것이었다.

청일은 책장을 가져갔으면서도 망자비서를 손에 넣지 못했다. 책장 속에 망자비서가 없었다는 뜻이다. 만약 두 황자 중에 책장을 가진 자가 있다면, 무명이 말한 뜻이 무엇인지 분명 알아차렸으리라.

말을 마친 무명은 슬쩍 태자와 영왕의 눈치를 살폈다.

…하지만 누가 그림자인지 알 수 없었다.

둘 중 누구도 얼굴빛이 흐트러지지 않았던 것이다. 태자는 여전히 무뚝뚝했고, 영왕은 기름칠한 것 같은 미소를 짓고 있었다.

무명은 입술을 깨물었다.

'누가 망자인지 몰라도 대단한 연기로군.'

어쨌든 미끼는 던진 셈이었다. 책장에서 망자비서를 찾지 못한다면, 둘 중 하나는 곧 미끼를 물을 것이다.

그날 일은 그것으로 마무리되었다.

태자와 영왕이 대전을 떠나자, 사람들도 제각기 자기 자리를 찾아 흩어졌다.

무명은 처소로 돌아오며 생각했다.

'이제부터는 정말 조심해야 한다.'

상대는 다음 천자 자리를 노리는 태자와 영왕이다.

강호와 관에서 무당삼검과 금위군 총대장이라는 지위에 오른 청일도 무서운 적이었다. 하지만 두 황자에 비하면 아무것도 아니었다.

다행히 며칠 있으면 개봉에서 떠난 지 한 달이 된다.

석일객잔 사건이 있은 뒤, 무명과 창천칠조는 한 달 뒤에 관제묘에서 만나기로 약조하고 헤어졌었다.

무명은 창천칠조를 만나 도움을 청하기로 했다. 그들이 황궁에 있는 무명을 도울 수는 없겠으나, 적어도 무림맹주 무명은 앞으로의 행보에 언질을 주리라고 생각했다.

물론 무공 수위는 가장 뛰어난 이강도 있었지만······.

"그자는 훼방이나 안 놓으면 다행이지."

무명은 피식 웃으며 중얼거렸다.

그런데 무명이 전혀 모르고 있는 일이 있었다.

그가 황제를 배알한 뒤, 황궁에 숨어든 모든 세작들이 상부에 보고를 했다.

내용은 대개 비슷했는데, 다음과 같았다.

'무당삼검 청일이 불타 죽었다. 그가 최근 서고의 책장을 손에 넣었는데, 그곳에 망자비서가 있는지는 아직 모른다. 청일이 죽은 밤, 환관 하나가 귀비를 구했다. 궁녀들이 모두 타 죽은 건물에서 그가 어떻게 탈출했는지도 알 수 없다. 또한 환관은 서고 일을 하겠다고 자청했다고 한다.'

보고를 받은 강호의 문파, 세가, 비밀 조직은 세작들에게 지령을 내렸다.

〈환관의 움직임을 낱낱이 보고하라.〉

2장.

관제묘에서의 재회

석일객잔에서 망자들과 사투를 벌인 지 어느새 한 달이 지났다.

　그때 창천칠조 수장 장청은 한 달 뒤에 북경성의 동쪽 외곽에 있는 관제묘에서 다시 만날 것을 명령했다.

　정혜귀비를 구한 공로를 인정받아서 단숨에 부총관태감 자리에 오른 무명.

　그는 이제 황궁에서 남의 눈치를 볼 필요가 없었다. 잔일은 왕직을 비롯한 아랫사람에게 시키면 되었다. 무명의 눈에 들기 위해 뇌물을 갖고 오는 자도 적지 않았다.

　황궁 생활은 그 어느 때보다 편했다.

하지만 무명은 불안감에 쫓기고 있었다.

'태자와 영왕, 둘 중 누가 망자일까?'

무명은 왕직과 소행자를 시켜서 황궁 사정을 세심히 조사했다.

그러나 두 황자 중 누가 망자라는 실마리는 좀처럼 찾을 수 없었다.

망자비서를 얻기 위해 황궁에 들어와 청일을 죽인 그림자.

그가 책장에 망자비서가 없다는 사실을 알게 되면 필시 무명에게도 손길을 뻗으리라.

때문에 무명은 하루하루가 초조했다.

그러던 중 창천칠조와 다시 만나는 날이 된 것이다.

무명은 소행자를 시켜서 새로 맞춘 청의를 입고 황궁을 나섰다. 서고 지도, 비녀, 인피면구, 무림패는 이중 주머니 속에 잘 숨겨서 갈무리했다.

무명은 황궁을 나와 동쪽으로 말을 몰았다.

관제묘는 북경성 외곽으로 한 시진가량 떨어진 곳에 있었다.

무명은 쉽게 위치를 찾아갔다.

청일에게 납치되었던 밤, 송연화와 탈출한 다음 관제묘에서 이미 하룻밤을 보냈기 때문이다.

일행이 만나기로 한 시간은 오시였다.

무명은 말을 타고 왔기 때문에 훨씬 이른 시간에 관제묘에 도착했다.

송연화와 함께 왔을 때는 막 비가 쏟아지려고 했었다.

하지만 오늘은 날씨가 맑고 쾌청했다.

그림자의 위협 탓에 황궁에서 불면증에 시달리던 무명은 모처럼 상쾌한 기분을 즐겼다.

무명은 관제묘로 들어갔다.

그런데 막 발을 들이려는 순간, 그는 흠칫하며 자리에 멈춰 섰다.

중앙 단상에 있는 관우상이 보는 사람을 놀라게 할 만큼 위엄이 서려 있었던 것이다.

무명은 고개를 갸웃거렸다.

'송연화와 함께한 밤에는 왜 깨닫지 못했을까?'

그는 그때는 어두워서 제대로 못 봤을 거라며 대충 넘겨 버렸다.

무명은 물끄러미 관우상을 바라봤다.

관우상은 따로 관리하는 사람이 없는지 군데군데 색이 바래고 칠이 벗겨져 있었다.

하지만 그 위엄만은 대단했다.

핏빛처럼 붉은 얼굴, 허리까지 내려오는 긴 수염, 부리부리한 눈매, 추상같은 호령을 내릴 법한 입가.

특히 팔십이 근이 나간다는 청룡언월도가 압권이었다.

사악한 자가 나타나면 당장에라도 목을 칠 듯한 기백이 느껴졌다.

사람들은 무신(武神) 관우에게 액운을 막고 악을 징벌해 달라며 기도한다.

무명은 생각했다.

'그 어떤 악도 이곳에는 감히 발을 들일 수 없겠군.'

하지만 무명의 생각은 금세 빗나갔다.

스윽.

관우상의 뒤에서 정체 모를 그림자가 모습을 드러냈다.

무명은 그림자의 정체를 확인하는 순간 쓴웃음을 짓고 말았다.

"후후후, 잘 있었냐?"

그림자는 바로 이강이었다.

무명은 관제묘에 악이 들어오지 못할 거라는 생각을 취소했다.

사대악인, 아니, 강호제일악인을 자처하는 이강이 이미 떡하니 발을 들였으니까.

"오랜만에 보니 반갑군."

"오랜만이긴 하오. 하지만 그다지 반갑지는 않소."

"그놈 참, 까다로운 것은 여전하군."

그런데 이강의 차림새는 달라진 곳이 있었다.

바로 눈이었다. 그는 눈 부상을 입은 환자처럼 검은 천을 머리에 동여매서 눈을 가리고 있었다.

"천으로 눈을 가렸군."

"창천칠조 놈들이랑 함께 다니다 보니, 강호의 떨거지들 시선이 짜증 나더군."

두 눈이 없는 탓에 항상 눈가가 푹 꺼져 있는 이강.

그 소름 끼치는 몰골보다 지금 모습이 한결 나았다.

이강이 관우상에 삐딱하니 몸을 기댄 채 팔짱을 끼며 물었다.

"무슨 재미있는 일은 없었냐? 뇌물을 받아 한밑천 챙겼다든가, 궁녀랑 질펀하게 방사를 치렀다든가."

무명은 귀비와의 일이 떠올랐다.

잊고 싶은 일이 기억나자 무명은 퉁명스럽게 대답했다.

"그 잘난 능력으로 내 생각을 읽으면 되지 않소?"

"무조건 생각이 들린다는 게 아니라고 했지 않냐?"

이강이 인상을 찌푸리며 말했다.

"그때그때 남이 하는 생각은 알 수 있지만, 머릿속을 책 읽는 것처럼 환히 들여다보는 것은 아니다. 예를 들어서 네놈이 어제 먹은 닭고기가 맛있었다고 생각한다고 치자."

"그렇다고 치면 어떻게 되오?"

"즉시 내 머릿속에 대고 네가 직접 말하는 것처럼 들린다. 꼭 전음을 듣는 기분이지."

"호오."

이강의 얘기는 뒤끝은 안 좋으나 시작할 때만큼은 흥미진

진했다.

　무명은 자기도 모르는 사이 그의 이야기에 빠져들었다.

　"하지만 네놈이 그제 먹은 밥이 무엇인지는 알 수 없지. 왜냐고? 네놈이 그 생각을 안 하고 있으니까."

　"그럼 당신을 상대할 때는 아무 생각도 안 하면 되겠군."

　"그게 말처럼 쉬울 것 같냐?"

　"무슨 뜻이오?"

　"한 가지 실험을 해보자."

　"실험?"

　"그래. 지금부터 절대 용 생각을 하지 말아라. 시작."

　"……."

　무명은 용에 대해 생각하지 않으려고 노력했다.

　하지만 이강은 금세 피식거리며 말했다.

　"방금 생각했군."

　"그렇소."

　"이제 알겠냐? 생각이라는 게 일부러 안 하겠다고 마음먹을수록 더욱 그 생각이 나게 마련이다."

　"그렇군. 이해했소."

　무명은 고개를 끄덕였다. 이강의 말이 옳았다.

　일부러 용 생각을 안 하겠다고 다짐할수록 오히려 마음속은 용 생각으로 가득 찼다.

　그렇다면… 무명은 생각했다.

이강 앞에서는 차라리 쓸데없는 생각에 골몰하는 것이 그에게 생각을 들키지 않는 방법이 아닐까?

예를 들자면 오늘 점심은 뭘 먹을까 하는 생각이라든지 말이다.

어이없게도 이강은 그런 생각마저 읽고 맞장구를 쳤다.

"좋은 생각이군. 이제 나를 볼 때는 아침, 점심, 저녁 생각만 해라. 오늘 점심은 뭘 먹을 셈이냐?"

"오랜만에 동파육이 먹고 싶던 참이오."

"동파육 좋지. 소동파는 시도 좋지만 요리 솜씨는 더 낫단 말야."

"당신도 무공보단 세 치 혀 놀리는 게 더 뛰어나오."

"네놈도 만만치 않다."

무명은 이강과 한마디 농담을 섞자 조금은 불안감이 가시는 기분이었다.

"창천칠조는 어디 있소?"

"장청 놈은 시간 지키기가 철두철미하니 곧 올 거다."

그때였다. 이강이 입구 쪽으로 고개를 돌리며 말을 이었다.

"말을 하자마자 오는군."

무명은 고개를 돌렸다. 창천칠조의 수장인 장청과 당호가 막 관제묘로 들어오고 있었다.

장청과 무명은 서로를 보자 살짝 고개를 숙였다.

당호도 목례를 하며 말했다.

"오랜만이군요. 그동안 무사하신 걸 보니 다행입니다."

그의 미소 짓는 눈은 여전히 반달을 뒤집어놓은 것 같았다.

존댓말을 쓰는 것 역시 변함없었다.

그런데 장청과 당호 말고 다른 창천칠조 대원은 보이지 않았다.

무명이 물었다.

"다른 사람들은?"

"북경은 우리 둘만 왔소. 정영과 남궁유는 소림사 무승들과 함께 망자들의 잔여 세력을 조사하기 위해 개봉에 남았소."

"무림맹주님께서 특별히 소림의 십팔나한 중 몇 명을 보내주셨죠."

이강이 킬킬거리며 끼어들었다.

"그 짓 욕구를 참기 위해 밤마다 달빛에 체조하던 땡초 놈들이 미녀 둘이랑 함께 다니다가 색계나 깨지 않을까 걱정되던 참이다."

장청과 당호는 아무 대꾸도 하지 않고 이강의 말을 무시했다.

아무 때나 튀어나오는 그의 독설에 이제는 무감각해진 표정이었다.

그런데 이강이 뜻밖의 말을 했다.

"이런, 이런. 미녀 둘이 없어서 아쉬워하던 차에 경국지색이 행차하셨군."

경국지색(傾國之色). 제왕이 여인에 빠져서 국사를 멀리할 만큼 여인의 미모가 빼어나다는 뜻이다.

무명은 이강의 말을 듣고 관제묘에 누가 왔는지 깨달았다.

아니나 다를까, 입구 쪽에서 코를 찌르는 분 냄새가 흘러들어왔다.

곧 향기의 주인이 관제묘에 들어왔다.

이강이 경국지색이라 칭한 이는 다름 아닌 송연화였다.

그녀는 궁녀 옷을 입은 채 화장을 진하게 하고 있었다.

귀비 일을 핑계 삼아 황궁에서 잠시 외출한 것이었다.

송연화가 말했다.

"다들 모였군요."

그녀는 무명이 알고 있는 창천칠조의 여섯 번째 대원이었다.

그러니 장청과 당호와 익히 아는 사이인 것은 당연했다.

송연화는 무명과 눈길이 마주치자 살짝 목례를 했다.

당호가 물었다.

"서로 아는 사이셨습니까?"

"그렇소. 이미 구면이오."

무명이 대답하자, 당호의 웃는 두 눈이 더욱 활처럼 휘었다.

"그럼 따로 소개 안 드려도 되겠군요."

그때 이강이 무슨 생각을 했는지 씨익 미소를 지었다.

무명은 그가 웃는 순간을 놓치지 않았다.

송연화도 이강의 존재를 눈치채고 물었다.

"이자는 누구죠?"

"맹주님께서 찾으시던 바로 그자요."

"사대악인 중 하나라는 자 말인가요?"

그녀의 목소리가 날카로워졌다. 이강이 피식 웃으며 말했다.

"아니. 강호제일악인이라고 불러주면 좋겠군."

"……."

송연화와 이강은 잠시 서로의 눈길을 마주 봤다.

둘 중 누구 하나 시선을 먼저 떼지 않았다.

분위기가 이상해지자, 당호가 둘 사이에 끼어들며 말했다.

"개봉 일이 어찌 되었는지 궁금하지 않으십니까?"

"어떻게 되었죠?"

"그게 말입니다. 일이 아주 우습게 되었지 뭡니까?"

당호가 어깨를 으쓱하며 그동안 있었던 일을 얘기했다.

"석일객잔을 탈출하고 소림사에 전서구를 보내자, 맹주님께서 십팔나한을 보내주셨죠. 우리는 함께 객잔을 조사했습니다. 그런데 객잔과 기릉 마을 어디에서도 망자는 그림자도 보이지 않았습니다."

당호는 모두를 한번 둘러보더니 코를 긁적이며 말을 이었다.

"망자들도, 구자개도… 말 그대로 감쪽같이 사라져 버렸죠. 결국 개봉 일은 그렇게 일단락되었습니다."

당호가 얘기를 끝냈다. 그런데 이강이 끼어들며 덧붙였다.

"이미 개봉에 망자가 숨어들었을지도 모르지, 후후후."

"……"

그 말에 장청과 당호가 난처한 기색을 하며 침음했다.

이강의 버릇은 여전했다.

정곡을 찌르는 말을 기분 나쁘게 하는 버릇.

장청이 무명에게 물었다.

"황궁 일은 어떻게 되어가는 중이오?"

무명은 전후 상황을 생각한 다음 입을 열었다.

"맹주님이 찾으라고 명하신 물건을 발견했지만, 정체 모를 적한테 빼앗겼소."

"그럼 작전을 실패한 것이오?"

"그건 아니오. 적이 가져간 것 중에 물건이 있는지 없는지 아직 모르오. 아니, 아마도 물건은 행방불명 중일 거라 생각하오."

"그걸 어떻게 확신하지?"

"적이 계속해서 나를 노렸기 때문이오."

장청과 당호는 수긍이 되는지 고개를 끄덕였다.

송연화도 말이 없었다.

그런데 이강이 또다시 소리 죽여 '킥!' 하고 웃는 것이었다.

무명은 그가 무슨 꿍꿍이속일지 궁금했다.

무명은 장청과 당호에게 망자비서에 대한 언급을 피했다.

제갈성은 망자비서에 대해 아는 사람이 적으면 적을수록 좋다고 말했다.

그리고 창천칠조를 자리에 동석시키지 않았다.

청일이 책장을 갖고 갔지만, 그는 죽었다.

현재 책장이 누구 손에 있는지 알 수 없었다.

또 책장 속에 망자비서가 있는지조차 모른다.

무명은 생각했다.

'망자비서를 손에 넣은 다음에 창천칠조에게 알려도 늦지 않다.'

하지만 마음에 걸리는 게 있었다.

송연화는 어떻게 망자비서의 존재를 아는 것일까?

무명이 생각에 잠겨 있을 때, 이강이 킬킬대며 말했다.

"당호 놈아, 네놈의 실패담도 말해야지?"

"실패담?"

무명이 묻자, 이강이 고개를 끄덕였다.

그러자 당호가 어깨를 축 늘어뜨리며 불평을 터뜨렸다.

"아무리 사대악인이라지만, 당신은 해도 너무하십니다!"

"크크크, 강호제일악인한테 뭘 바라냐?"

"하아아, 진짜."

당호의 두 눈이 살짝 일자로 펴졌다.

그가 진지해졌다는 뜻이었다.

"망자 퇴치 비법을 준비했다가 보기 좋게 실패했습니다."

"망자 퇴치 비법이라고?"

무명과 송연화가 깜짝 놀라며 물었다.

둘은 얼마 전 귀비의 궁녀들이 망자로 변한 사건을 겪었다.

그런데 지금 당호가 망자를 퇴치할 수 있다는 비법을 얘기하니, 정신이 번쩍 든 것이었다.

하지만 둘의 기대는 금세 무너졌다.

당호가 힘없이 고개를 저으며 대답했다.

"저도 비법인 줄로 알았습니다. 한데 감쪽같이 속아 넘어갔지 뭡니까?"

"속다니, 무엇을 말이오?"

"몰라서 물으십니까? 닭 피 말입니다!"

당호가 고갯짓으로 이강을 가리켰다.

이강은 계속 킬킬거리며 웃음을 흘리고 있었다.

무명과 송연화는 영문을 알 수 없어서 서로의 얼굴만 쳐다봤다.

당호가 말했다.

"저자가 개봉에서 망자가 갖고 있는 약점을 말했죠."

송연화가 눈썹을 찡그리며 물었다.

"망자의 약점? 그런 게 있나요?"

"망자는 닭 피를 마시면 죽는다고 하더군요. 닭 피를 마시거나 접하면 몸속에 있는 혈선충이 말라비틀어진다고 했죠."

"금시초문이군요."

"금시초문이 당연하죠. 모두 저자가 꾸며낸 거짓말이니 말입니다."

당호의 두 눈가가 더욱 아래로 처졌다.

"북경에 오자마자 시장을 돌면서 닭을 사들였습니다. 피만 따로 샀으면 좋았겠지만, 소나 돼지와 달리 닭 피는 따로 팔지 않더군요."

"당호 놈이 사들인 닭 피가 얼마나 되는지 짐작하겠냐?"

이강이 불쑥 끼어들며 물었다.

무명이 모르겠다는 뜻으로 고개를 저었다.

"수레 하나다. 당호 놈이 아예 수레를 통째로 끌고 왔지 뭐냐?"

"수레 하나에 닭 피를 전부 실었다는 말이오?"

무명은 입을 딱 벌렸다.

수레에 닭 피를 싣고 왔다니, 그 양이 얼마나 될지 짐작도 할 수 없었다.

당호가 시무룩한 말투로 대답했다.

"정확하게 열두 동이입니다."

무명과 송연화는 다시 한번 놀랐다.

싸구려 술이라도 열두 동이면 꽤 비싼 값을 치러야 된다.

그런데 닭 피만 열두 동이라고?

그만큼의 닭 피를 얻기 위해 얼마나 많은 닭을 희생해야 됐는지 알 수 없었다.

"돈이 얼마나 들었는지 아십니까? 돈도 돈이지만, 닭을 한 마리씩 잡아서 피를 빼는 것은 또 얼마나 고역이었다고요!"

"모든 게 내 거짓말을 곧이곧대로 들은 네놈 잘못이다, 후후후."

"대체 그런 거짓말은 왜 하신 겁니까?"

"예전에 그걸로 망자를 멋지게 속여 넘긴 놈이 있었지. 그래서 나도 흉내 좀 내봤다."

"그런 흉내는 망자를 만나거든 하십쇼! 제발 좀!"

"크크크, 알았다."

당호가 푹 한숨을 쉬었다.

그의 두 눈썹은 아래로 축 늘어져 있었는데, 남이 봐서는 웃는 건지 우는 건지 구별이 힘들었다.

하지만 지금만큼은 울상을 짓는 게 분명하다고, 무명은 생각했다.

무명이 물었다.

"그래서 그 많은 닭 피는 다 어찌하였소?"

"뭘 어떻게 합니까? 몽땅 강에다 버렸습니다."

"강이 닭 피를 먹어 반나절이 넘게 시뻘겋더구나, 크하하하!"

이강이 참지 못하고 광소를 터뜨렸다.

눈썹을 잔뜩 일그러뜨린 채 울상 짓는 당호와 배를 잡고 미친 듯이 웃는 이강.

다른 사람들은 어이없다는 얼굴로 둘을 쳐다봤다.

무명이 장청에게 물었다.

"무림맹이 어떤 지령을 내렸소?"

"잠깐 기다리시오. 모두 오면 얘기할 생각이오."

그 말에 무명은 두 눈썹을 찡그렸다. 모두라고?

그는 소림사에서 제갈성이 한 말을 떠올렸다.

그때 제갈성은 '창천칠조는 모두 일곱 명이오'라고 말했다.

무명이 아는 창천칠조는 송연화를 포함해서 모두 여섯이었다.

무명이 아직 얼굴을 보지 못한 일곱 번째 대원.

장청은 그자를 기다리고 있는 것이었다.

그런데 장청, 당호, 송연화가 이상한 말을 주고받았다.

"늦는군."

"제시간에 오는 법이 없으시죠."

"그냥 없을 때 우리끼리 얘기하고 헤어지면 어때요?"

무명은 고개를 갸웃거렸다. 일곱 번째 대원을 빼고 지금 모인 사람만 회의를 하자고? 영문을 알 수 없는 대화였다.

어이없게도 세 명은 '그럴까?' 하는 표정으로 서로를 돌아보는 것이었다.

그때였다.

"하하하하! 그건 곤란하군. 왜냐? 이 몸이 방금 관제묘에 도착했기 때문이지, 하하하하!"

그림자 하나가 경쾌한 발걸음으로 관제묘에 들어왔다.

그는 막 이립(而立)을 넘은 것 같은 젊은 남자 도사였는데, 몸 전체가 눈처럼 흰 백색이었다.

흰 도포에 흰 두건을 쓴 것도 모자라, 손에는 흰 장갑을 끼고 발에는 흰 장화를 신고 있었다.

허리에 맨 복대와 옆에 찬 검집의 가죽까지 흰색이었다.

게다가 활짝 웃을 때마다 유난히 흰 이가 반짝거렸다.

그의 몸에서 흰색이 아닌 곳은 두 눈동자와 두건 밑으로 흘러내린 구레나룻이 전부였다.

도사가 창천칠조 세 명을 보며 말했다.

"오랜만에 얼굴을 보니 반갑기 그지없군."

"……"

그러나 셋 중 아무도 대꾸를 하지 않았다. 셋 모두 어딘가 떨떠름해 보이는 얼굴이었다.

도사가 송연화에게 다가갔다.

"연화, 그대 생각에 이 몸은 매일 잠을 이룰 수 없었소. 오늘 밤 홍화루에 방을 잡아두었으니, 어떻소? 나와 함께 운우지정을 나눠봅시다."

여인한테 대뜸 운우지정을 말하는 도사. 그의 유혹은 뻔뻔한 정도를 넘어서 어처구니가 없는 것이었다.

송연화가 냉랭한 얼굴로 말했다.

"잠깐 외출한 거라서 곧 황궁에 돌아가야 돼요."

"그럼 내일 밤은 어떻소?"

"시간 없어요."

"그럼 모레는? 글피는? 아니면 차 한잔 마시는 건 어떻소? 그 정도는 해줄 수 있지 않소? 하하하하!"

송연환는 대답 없이 그를 무시했다.

하지만 도사는 웃음을 멈추지 않았다.

그러다가 도사가 누군가를 봤는지 말했다.

"이게 누구지? 명문정파의 철천지원수인 사대악인 적월혈영 이강이 아닌가?"

웃음기 섞인 목소리.

그러나 무명은 그의 말에 가시가 숨어 있는 것을 느꼈다.

이강이 말했다.

"나를 알아보는 것을 보니 네놈 두 눈깔은 제대로 박

헸군."

"그러는 너는 두 눈알을 어디다 갖다 파셨나? 대금은 얼마나 받았고?"

도사가 이강을 머리에서 발끝까지 훑으며 말했다.

"어라? 흑의를 입고 있네? 내가 아는 적월혈영은 항상 시뻘건 적의를 폼나게 걸치고 다닌다고 들었는데?"

급기야 도사는 이강에게 다가가더니, 그의 옷매무새를 고치면서 먼지를 털어주는 것이었다.

탁, 탁, 탁.

"좋은 옷은 다 어쩌고 이런 볼품없는 누더기를 걸쳤나? 하하하하!"

관제묘의 분위기가 순식간에 살얼음판이 되었다.

무명은 힐끗 이강을 살폈다.

이강은 아무 말 없이 입을 다물고 있었다.

하지만 무명은 그가 극도로 분노했다는 것을 느낄 수 있었다.

그런데 도사는 한술 더 떴다.

그가 손을 들어 이강의 턱을 잡으며 말했다.

"대체 무슨 죄를 지었길래 강호 사대악인으로 낙인찍혔지?"

"……."

세 살배기 어린애라도 기분 나빠 할 행동.

하물며 상대는 창천칠조의 누구보다 무공 수위가 뛰어난

이강이 아닌가?

사정이 그러니, 당사자인 이강보다도 오히려 다른 사람들이 침을 꿀꺽 삼키며 초조함을 감추지 못했다.

이강이 입을 열었다.

"명문정파 놈들을 백십삼 명 죽였지."

"오호라, 어떤 원한이 있었길래?"

"원한 같은 건 없다. 그저 버르장머리가 없었을 뿐이다, 바로 네놈처럼."

"그거 재미있군. 소림사에서 명문정파인 일곱 명을 죽인 흑도 놈을 장장 십구 년하고 오 개월을 참회동에 처박아두었다지? 어디 보자. 그럼 네놈은 참회동에서 얼마나 썩어야 되냐 하면… 음, 계산이 복잡한데?"

무명이 계산 결과를 말하며 끼어들었다.

"대략 삼백십삼 년하고 반년 더 있으면 되오."

"오오, 대단한데? 삼백십삼 년을 참회동에 틀어박혀 있으면 네놈 같은 흑도 놈도 개과천선해서 강호에 나온다는 말이군!"

"삼백십삼 년이란 세월이 지나고도 죽지 않는 인간은 없소."

무명이 핀잔을 주듯 말했다.

"꼭 그렇다고 할 수는 없지."

도사가 손가락을 하나씩 꼽으면서 말했다.

"첫째, 온갖 불로장생한다는 명약을 평생 동안 복용하면 수명이 늘지 않겠냐?"

"그래 봤자 백이십 년이 고작이오. 그 이상 산 사람 얘기는 들어본 적 없소."

무명이 반박했지만, 도사는 신경 쓰지 않고 말을 계속했다.

"둘째, 나처럼 연단술과 방중술을 익혀서 우화등선을 노린다면? 신선이 되면 그깟 삼백십삼 년이 대수일까?"

"신선은 사람이 아니오."

"그런가? 하하하하!"

도사가 박장대소를 터뜨렸다.

그러다가 그가 손가락 세 개를 꼽으며 말했다.

"그럼 마지막으로 셋째, 망자가 되면 영원히 살 수 있지."

"······!"

그 말에 무명은 물론 관제묘의 모든 자가 정신이 번쩍 들었다.

도사가 모두를 돌아보며 말했다.

"왜 그렇게 놀라시나? 다들 망자 때문에 모인 것 아니었나? 하하하하!"

"그 웃는 입을 반드시 꿰매주지."

"어디 한번 해보시지."

도사와 이강의 분위기가 살벌해지자, 장청이 둘 사이에 끼어들었다.

"말을 삼가라, 마지일."

도사의 이름은 마지일인 것 같았다.

이미 한바탕 소란을 피운 마지일은 그제야 이강과 무명을 보며 공손히 목례를 했다.

"나는 전진교의 도사 마지일이라 하오."

"네놈 같은 말코도사를 제자로 두다니, 전진교가 왜 강호에 이름을 내세우지 못하는지 잘 알겠군."

"칭찬 고맙다. 자고로 사내는 코가 커야 무엇도 큰 법이지, 하하하하!"

무명은 마지일이 말끝마다 통쾌하게 웃는 게 거슬렸다.

장청, 당호, 송연화가 왜 그가 오기 전에 회의를 끝내자고 했는지 이제 이해할 수 있었다.

마지일이 장청을 보며 무명을 가리켰다.

"그런데 이자는 누구?"

"무명이라 하오."

무명이 대답했다.

"무명? 이름이 없는 게 이름이라고? 거참 재미있군."

"그는 맹주님께서 친히 선택하신 자다. 함부로 대하지 마라."

장청의 말에 마지일이 어깨를 으쓱했다.

"말끝마다 맹주님, 맹주님. 이제 정신 좀 차리시지? 소림사와 제갈세가가 손을 잡더니 망자에 대한 것은 죄다 숨기고서 우리한테는 허드렛일이나 시킨다는 걸 모르냐? 아니면 이런 혹도 놈들은 왜 불렀겠냐?"

"……."

장청, 당호, 송연화는 할 말이 없는지 침음했다.

그들 역시 무림맹이 창천칠조 각자에게 다른 명령을 하달한다는 것을 깨닫고 있었기 때문이다.

"그래, 맹주님의 다음 명은 뭐냐?"

마지일이 묻자, 장청이 지금까지의 상황을 얘기했다.

사실 장청의 얘기는 별다른 것이 없었다.

창천칠조 네 명은 객잔에서 망자와 사투를 벌인 뒤 개봉을 철저히 조사 중이다.

그 와중에 악척산이 죽었다. 무명은 황궁 잠행을 하고 있는데, 아직 무림맹이 원하는 물건을 찾지 못했다.

그리고 장청과 당호는 다른 자들을 도우며 새 지령을 기다린다. 그것이 무림맹이 전한 명령의 전부였다.

마지일이 피식 웃으며 말했다.

"역시 그렇지. 미리 말해주는 일이 없고 꼭 어디 가서 지령을 기다리라고 하지."

"비밀이 밖으로 새어 나갈 것을 염두에 둔 명이라는 것을 모르겠냐?"

"모르겠는데? 세상이 망자판이 되어가는데 지키고 자시고 할 비밀이 어딨냐?"

신랄하게 비꼬는 마지일의 말.

하지만 무명은 그의 마지막 말만큼은 일리가 있다고 생각했다.

마지일이 휑하니 몸을 돌리며 말했다.

"별일 없으면 나는 간다."

"잠깐만요! 맹주님의 전서구가 올 때까지 일단 근처에 머물러야……"

"홍화루로 기별을 전해. 오랜만에 도성에 왔으니 채음보양 좀 하고 있을 테니까, 하하하하!"

당호가 막았지만, 마지일은 호탕한 웃음을 터뜨리며 관제묘를 나갔다.

번개처럼 나타났다가 사라진 마지일.

짧은 시간이었지만 그는 모두의 신경을 마구 뒤흔들어 놓은 다음 가버린 것이었다.

마지일이 사라진 지 한참이 지났지만 아무도 말이 없었다.

그만큼 전진교의 도사가 모임에 끼친 영향은 막대했다.

물론 나쁜 쪽으로.

당호가 한숨을 쉬며 말했다.

"저분은 항상 저렇습니다. 자기 할 말만 늘어놓은 다음 나 몰라라 하며 사라지죠."

"걱정 마라. 그놈이 백십사 번째가 될 테니까."

지금까지 명문정파인을 백십삼 명 죽였다고 말한 이강.

즉, 그는 다음으로 마지일을 죽이겠다고 말한 것이었다.

장청이 말했다.

"맹주님의 명이 있다곤 하지만 당신은 엄연히 흑도의 무리요. 만약 마지일과 불화가 생긴다면 용서하지 않겠소."

"명심하지. 하지만 가능한 한 그놈 웃음소리가 내 귀에 들리지 않도록 하는 게 좋을 거다."

무명도 이강의 말에 동감했다.

마지일의 웃음소리를 다시 듣는 날은 자신도 울화통이 터질 것 같았다.

"그럼 오늘은 이만 해산합시다."

장청의 말에 모두는 김빠진 기분이었다.

오랜만에 모였지만 정작 일은 무엇 하나 진척된 게 없었기 때문이다.

"오늘 일은 맹주님께 연락드리겠소. 지령을 보내시면 그때 다시 행동합시다."

과거 무림맹의 세력은 중원에 거미줄처럼 뻗어 있었다.

하지만 세가 약해진 지금은 전서구를 통한 연락에 의존해야 했다.

무명은 헤어지기 전 당호에게 슬쩍 말을 건넸다.

"가루를 묻히고 액체를 뿌리면 빛이 나는 물건이 있다고 하던데?"

"그건 어떻게 아셨습니까?"

무명은 송연화에게 시약 얘기를 들었다고 대충 얼버무렸다.

"시약을 조금 받을 수 있겠소?"

"물론입니다."

당호는 흔쾌히 가루와 액체가 든 봉투와 병을 무명에게 주었다.

일행은 관제묘를 나왔다. 그리고 사람들의 눈을 피해 각자 갈 곳으로 발을 옮겼다.

그날 저녁.

도성 밖의 허름한 객잔에서 이강이 술잔을 기울이고 있었다.

그는 장청과 당호에게 잠시 다녀올 곳이 있다고 말했다.

이강이 스스로 무림맹의 일을 맡은 사실을 알기 때문에 장청은 막지 않고 허락했다.

구석진 탁자에 앉아 혼자 술을 마시는 이강.

그의 주위에는 사람이 한 명도 없었다.

간혹 기녀가 손님을 잡으려고 옆자리에 앉았다.

그러나 이강이 얼굴에 두른 검은 천 속에 두 눈이 송두리째 없다는 것을 깨닫고 혼비백산해서 자리를 떴다.

얼마나 시간이 흘렀을까.

이강 앞에 청의를 걸친 그림자가 스윽 나타났다.

"합석해도 되겠소?"

"좋지. 술은 혼자 마시면 제맛이 안 나는 법이니까."

"안주는 무엇이오?"

"네놈이 먹고 싶다던 동파육이다."

그림자의 정체는 다름 아닌 무명이었던 것이다.

이강이 젓가락으로 동파육 한 점을 집어 입에 넣으며 말했다.

"무슨 일로 나를 따로 보자고 했냐?"

실은 관제묘에서 헤어질 때 무명이 이강에게 몰래 전음을 보냈다.

[도성 밖의 삼모객잔이란 곳에서 술시(戌時)에 둘이서만 봅시다.]

무명은 아무 내색도 하지 않고 관제묘를 나갔다.

그리고 무명의 전음을 들은 이강은 약속을 지켜서 자리에 나와 있는 것이었다.

무명이 말했다.

"당신이 예전에 한 말을 기억하시오? '적월혈영은 빚을 갚는다'라는 말."

"물론 잘 기억하고 있다."

"좋소. 그럼 당신이 나한테 세 번 빚을 졌다는 것도 기억하겠지?"

황궁 아래에 있는 지하 감옥을 탈출했을 때, 이강은 무명이 기관진식 방을 세 번 풀어낸 것을 두고 자신도 무명을 세 번 도와주겠다고 약속했다.

지금 무명은 그 약속을 다시 입 밖에 꺼낸 것이었다.

"그중 첫 번째 도움은 황궁에 사대악인 중 하나가 숨어 있다는 얘기였소."

"그래서?"

"이제 두 번째 빚을 갚으시오."

무명이 진지한 목소리로 말했다.

"사람을 찾는 걸 도와주시오."

"사람? 누구 말이냐?"

"고문을 직업으로 하는 난쟁이요."

"난쟁이?"

무명은 황궁 서고에서 청일이 이끄는 자객 무리에게 납치되었던 일을 설명했다.

그때 청일은 키가 어린아이만큼 작은 난쟁이에게 무명을 심문하도록 했다.

하지만 청일이 자리를 비운 사이 난쟁이는 도망쳤고, 송연화가 와서 무명을 구출했다.

무명은 그 일을 간단히 말했다.

중요한 것은 그가 난쟁이를 찾는 이유였다.

"난쟁이가 내 목뒤에 이매망량과 관계있는 흉터가 있다고 했소."

"이매망량?"

"들어보았소?"

이강이 고개를 갸웃거리다가 대답했다.

"들어본 적 있다. 이매망량… 아마 살수 집단이었던 걸로 기억하는데?"

"살수 집단……."

"확실한 건 아니다. 벌써 십 년도 더 되었군. 놈들은 한때 강호에서 악명이 높았지."

"어떤 악명이오?"

"나도 잘 모른다. 듣기로는 무슨 문파의 장문인을 암살했다는 둥, 세가의 가주를 죽였다는 둥, 말이 많았지. 한데 알 게 뭐냐? 죽은 사람은 말이 없는 법이고, 주위 사람들은 후환이 무서워 쉬쉬하면서 말을 피하는데."

"……."

"게다가 놈들은 어느 순간 감쪽같이 모습을 감춰 버렸다."

"하루아침에 말이오?"

"그래. 잘나가는 살수 집단이라면 들어오는 청탁도 많았을 텐데, 말 그대로 하루아침에 놈들한테 죽었다는 사람 소문이 전혀 들리지 않게 되었다. 때문에 사람들은 의심을 했지."

"어떤 의심이오?"

"살수 집단이라면 수가 많을 텐데 갑자기 사라졌다는 게 이상하지 않냐?"

"그럼 실은 몇 명 안 되는 집단이었을 거란 말이오?"

"그렇다. 어쩌면 두세 명, 아니, 그보다 적었을지도 모르지."

"두세 명보다 적다……."

무명은 말을 삼키며 침묵했다.

십 년 전에 홀연히 사라진, 실체가 있는지도 불명확한 살수 집단을 찾는다?

불가능한 것을 떠나서 말이 안 되는 일이었다.

하지만 포기할 수 없었다.

난쟁이가 말한 이매망량이란 조직이 무명의 과거를 찾을 수 있는 중요한 실마리였기 때문이다.

난쟁이를 찾아 이매망량에 대해 실토하게 만든다.

그것이 무명이 이번에 황궁을 나오면서 가장 중요하게 생각하는 일이었다.

이강이 무명의 생각을 읽었는지 쿡쿡 웃으며 말했다.

"네놈, 망자비서보다 난쟁이를 더 우선시하고 있구나."

"물론이오. 먼저 내가 누군지 알아야 강호를 구하든 말든 하지 않겠소?"

"우문현답이군, 후후후."

무명이 이강을 응시하며 물었다.

"어쩔 것이오? 약속한 대로 나를 도와줄 것이오?'

"물론이다. 나는 빚을 갚지 않고는 잠도 못 자는 성정이거든."

두 눈은 없지만, 이강은 무명을 똑바로 쳐다보는 듯한 얼굴로 말했다.

무명이 물었다.

"그럼 어디부터 시작해야 좋을 것 같소?"

"대충 짐작 가는 곳은 있다. 한데 그것도 모르고 사람을 찾으려고 들었냐?"

"그래서 혹도 무리에 도통한 당신을 부른 것 아니오?"

"그놈, 세 치 혀 하나는 녹슬지 않았구나."

무명과 이강은 객잔에 방을 빌린 다음 밤이 될 때까지 기다렸다.

그리고 해시(亥時)가 훨씬 지나서 밤이 으슥해지자 객잔을 나섰다.

이강은 무명을 데리고 도성 밖의 복잡한 골목으로 들어갔다.

골목은 좁은 길이 실타래처럼 얽혀서 미로를 방불케 했다.

어떤 곳은 술집과 기루가 늘어서 있어서 대낮처럼 밝았으나, 어떤 곳은 불빛 한 점 없이 어두컴컴해서 세 걸음 앞도 구분하기 힘들었다.

무명은 이강이 가자는 대로 무작정 발을 옮겼다.

지하 감옥에서 탈출하고 헤어진 뒤 이강을 다시 만난 곳은 흑도 방파인 백팔룡의 본거지였다.

그곳에서 이강은 백팔룡의 접대를 받고 기녀를 희롱하고 있었다.

때문에 무명은 흑도에 대한 일은 이강에게 전적으로 맡겨두었다.

둘은 한마디 말도 없이 조용히 길을 걸었다.

그런데 으슥한 골목 모퉁이를 돌았을 때, 이강이 불쑥 말을 꺼냈다.

"그년은 대체 어떤 년이냐?"

"그년이라니, 누구 말이오?"

"송연화. 낮에 관제묘에 그년 말고 여자가 또 있었냐?"

"흐음."

무명이 어깨를 으쓱하며 대답했다.

"귀비의 궁녀로 가장해서 황궁에 잠행하고 있는 창천칠조 대원이오. 곤륜파의 후기지수인 걸로 알고 있소. 그 정도는 당신도 다 알지 않소?"

무명은 타인의 생각을 읽는 이강이라면 당연히 알고 있을 거라고 생각했다.

하지만 그 짐작은 빗나갔다.

"아니. 지금까지 모르고 있었다."

"몰랐다고? 당신이 모르는 것도 있소?"

"그래."

이강의 목소리가 차갑게 식어 있었다.

무명은 그가 농담을 하려는 게 아니라는 것을 깨닫고 귀를 기울였다.

"용 생각을 안 하려고 할수록 더욱 용에 대해 생각나게 마련이지."

"알고 있소. 관제묘에서 얘기한 것 아니오?"

"한데 그년은 그게 가능한 것 같다."

"뭐라고?"

무명이 두 눈썹을 일그러뜨리며 되물었다.

"그럼 어떤 생각을 일부러 안 하겠다고 다짐하고 정말 안 한다는 말이오? 어떻게?"

"나도 모르지. 그년 생각은 들을 수 없었으니까."

"……."

"다른 놈들은 회의 중에 딴생각을 적어도 한 번 이상은 했다. 당호 놈은 닭 피에 쓴 돈으로 독을 만들지 못해 후회했고, 장청 놈은 그년의 가슴 크기가 얼마나 될지 속으로 계산하고 있었지."

이강의 말에 무명은 입을 딱 벌렸다.

항상 차분한 얼굴로 무게를 잡고 있는 장청이 그런 생각을 했다고?

"마지일 놈도 그년의 옷을 벗기고 방사를 하는 상상을 했다. 아니, 그건 딴생각도 아니군. 그놈은 자기 입으로 운우지정을 떠벌렸으니까."

무명은 들으면 들을수록 어이가 없었다.

그는 다음부터 이강 앞에서는 생각을 조심해야겠다고 생각했지만… 그게 마음대로 되는 일이 아니지 않는가?

"그런데 유독 그년은 회의에 대한 일 말고 다른 생각을 하지 않았다. 그게 아니면 아예 생각을 읽는 게 불가능했을지도 모르지."

잠깐 킬킬거리던 이강이 다시 싸늘한 목소리로 말했다.

"그년, 사람 맞냐?"

"……."

무명은 할 말을 잃고 침음했다. 그러다가 나직하게 입을 열었다.

"송연화가 망자일 거라는 뜻이오?"

"그런 얘기는 아니다. 망자일 수도, 아닐 수도 있겠지. 내 말은, 생각을 마음대로 하는 게 가능하냐는 거다. 자기 머릿속을 마음대로 조종한다고? 그게 사람이라고 할 수 있겠냐?"

"으음……."

무명은 다시 한번 침음했다.

그는 송연화에 대해 다시 생각해 봤다.

귀비의 궁녀, 곤륜파의 제자, 창천칠조의 일원.

그것 외에는 그녀에 대해 아는 것이 없었다.

하지만 분명한 사실이 하나 있었다.

송연화가 청일이 이끄는 자객 무리에게서 자신을 구해준 일이었다.

즉, 송연화는 무명이 기억을 잃고 깨어난 이후로 그를 도와
준 유일한 사람이었다.

'창천칠조도, 무림맹도, 이강 당신도, 모두 나를 이용하고
있을 뿐 아니오?'

무명은 그렇게 생각했다.

이강이 말했다.

"그년은 머릿속 어딘가가 고장 난 게 틀림없다. 사람이 아니
라 괴물이란 뜻이지."

무명이 쓴웃음을 지으며 맞받아쳤다.

"강호제일악인을 자처하는 당신이 남을 보고 괴물이라 말
할 자격이 있소?"

"그것도 맞는 얘기군."

뜻밖에도 이강은 무명의 반박을 그대로 흘려 넘겼다.

그리고 한마디 덧붙였다.

"네가 그년에게 어떤 마음을 품고 있는지 잘 알고 있다. 하
지만 그년을 조심하는 게 신상에 좋을 거다, 후후후."

이강은 항상 그렇듯이 기분 나쁜 웃음소리로 말을 끝냈
다.

그때였다.

이강이 골목 모퉁이를 돌더니 앞을 가리키며 말했다.

"다 왔군. 난쟁이 놈은 아마 저기에 있을 거다."

흑도 무리의 본거지를 예상하고 있던 무명은 입을 딱 벌리고 말았다.

　그곳은 황가전장처럼 다 쓰러져 가는 음침한 건물이 아니었다.

　이강이 찾은 곳은 홍등이 휘황찬란하게 불을 밝히고 있는 거대한 도박장이었다.

3장.

거대 도박장 황금각(黃金閣)

도박장은 팔 층짜리 건물로, '황금각(黃金閣)'이란 편액이 걸려 있었다.

황금각. 돈이 오가는 도박장에 잘 어울리면서도 지나치게 노골적인 이름이었다.

무명이 피식 웃으며 말했다.

"이름 한번 대단하군. 이곳에 온 자들은 모두 황금 벼락을 맞고 떠나오?"

"그 반대다. 가지고 있는 황금을 몽땅 털린 다음에 쫓겨나지."

무명과 이강은 황금각 안으로 들어갔다.

황금각은 층만 많은 게 아니라 내부 역시 엄청나게 넓었다.

천장은 어른이 힘껏 뛰어도 손이 닿지 않을 만큼 높았고, 방은 십여 명의 사람이 축국 공놀이를 할 수 있을 만큼 넓었다.

황궁을 제외하면, 무명이 기억을 잃은 뒤에 본 가장 큰 건물이었다.

그 넓은 건물이 발 디딜 자리 없을 정도로 인파가 넘쳤다.

점소이들이 방금 쪄서 김이 모락모락 올라오는 교자가 든 나무통을 들고 복도를 바쁘게 오갔다.

도박장에 온 손님들은 자리에 한번 앉으면 밥을 시켜 먹으면서 끝장을 보기 때문이었다.

운수 대통 하여 일확천금하든가, 아니면 도박에 져서 빈털터리가 되든가.

물론 대부분의 경우 후자로 끝이 났다.

이강은 처음 오는 게 아닌지 거침없이 복도를 지나 계단을 올라갔다.

무명이 물었다.

"우리가 지금 찾는 자는 혹도 무리요. 그런데 혹점도 아니고 웬 도박장에 온 것이오?"

"하나만 알고 둘은 모르는군."

이강이 검지를 좌우로 까닥이며 대답했다.

"찾고 있는 난쟁이가 고문사라고 하지 않았냐?"

"그렇소."

"손을 써서 남을 고통스럽게 만드는 걸 즐기는 놈들이 고문사다. 생각해 봐라. 놈들이 고문을 하지 않을 때는 무엇을 할까? 손놀림 한 번에 남이 패가망신하는 꼴을 볼 수 있는 곳. 바로 도박장이 아니냐?"

"흐음, 일리 있는 말이군."

무명은 고개를 끄덕였다.

이강의 말이 제법 그럴듯했기 때문이다.

그런데 이강이 한마디를 덧붙였다.

"손을 써서 남이 괴로워하는 걸 보고 즐기는 부류가 또 있긴 하지."

"어떤 자들이오?"

"명문정파 놈들."

무명은 할 말이 없었다. 이강이 명문정파에 대해 품은 증오심은 뿌리가 깊은 것 같았다.

이강은 삼 층에 도착하자 계속 올라가지 않고 복도로 발을 돌렸다. 그리고 무명에게 고갯짓을 하며 말했다.

"일 층, 이 층은 점소이들 숙소랑 돈 쌓아두는 곳이다. 여기서부터 진짜배기지."

"그래서?"

"뭐가 그래서냐? 지금부터 방을 하나씩 뒤지면서 네놈 눈깔로 난쟁이를 찾아야지."

"사람들 생각을 읽으면 쉽게 찾을 수 있지 않소?"

"이놈이 그새 치매가 들었나? 이런 시장통 속에서 누가 어디서 무슨 생각을 하는지 알 게 뭐냐? 난쟁이 놈이 '나는 난쟁이 고문사다!'라고 알아서 생각해 준단 말이냐?"

"⋯⋯."

무명은 말문이 막혔다.

이강의 말이 옳았다.

난쟁이에 대한 정보가 턱없이 부족한 이상, 지금은 무명이 직접 두 눈으로 보고 그를 찾는 것 외에는 방법이 없었다.

무명과 이강은 방을 하나씩 돌면서 난쟁이를 찾기 시작했다.

방은 건물만큼이나 컸다. 어떤 방은 층의 거의 절반을 차지하고 있었다.

그 넓은 방에 십여 개가 넘는 도박판이 동시에 벌어지고 있었다.

도박판 하나마다 대여섯 명 이상이 붙어 있었다.

방 하나에 사람이 백 명 넘게 있는 셈이었다.

하지만 난쟁이는 삼 층에 있는 방 세 군데 어디에서도 보이지 않았다.

"삼 층엔 없나 보군."

"사 층으로 가자."

둘은 계속해서 사 층을 조사했다.

사 층은 삼 층보다 사람들이 배는 더 많았다.

중원의 도박장에서 가장 인기 있는 참새잡이, 즉 마작(麻雀)을 할 수 있었기 때문이다.

마작은 탁자에 네 명이 둘러앉아서 하는 놀이다.

무명은 사람들의 얼굴을 확인하느라 이리저리 방을 오가야 했다.

때문에 방을 뒤지는 시간이 크게 늘어났다.

방 하나를 살피는 데만 밥 한 끼 먹을 시간이 족히 걸렸다.

그러나 난쟁이의 모습은 찾을 수 없었다.

오 층과 육 층 역시 마찬가지였다.

마작 외에도 여러 도박판이 열리고 있었지만, 그곳에 난쟁이는 없었다.

무명과 이강이 황금각에 발을 들인 지 어느새 한 시진이 훌쩍 지났다.

건물 밖의 하늘은 깜깜한 밤이 된 지 오래였다.

둘은 칠 층으로 올라갔다.

칠 층은 주사위 도박을 하는 층인 것 같았다.

방 한 곳에 들어가자 사람들이 둥글게 늘어앉아 판대에다 주사위를 굴리고 있었다.

이강이 말했다.

"팔 층은 객잔처럼 손님들한테 내주는 방이 있을 거다. 즉, 칠 층이 마지막이다."

"여기 없으면 황금각에 없다는 소리군."

"그래."

둘은 서로 말은 안 했지만 기운이 빠져서 어깨가 축 늘어졌다.

무명이 무심코 중얼거렸다.

"난쟁이가 이미 북경을 떴다면?"

난쟁이는 무당삼검에 금위군 총대장을 맡은 청일에게 고문을 의뢰받았다.

하지만 중간에 그만두고 도망을 쳤다.

그런 그가 벌써 북경을 떠났다고 해도 이상할 것은 없었다.

이강이 그답지 않게 쓴웃음을 지었다.

"오늘 들인 수고는 죄다 물거품이 되는 셈이지."

"그럼 앞으로 뭘 해야 하오?"

"일단 흑점에서 유명한 소식통을 붙잡아놓고 심문해 봐야지. 고문사를 찾기 위해 다른 놈을 고문할 수도 있겠군, 후후후."

그때였다. 무명의 두 눈이 반짝 빛났다.

"그럴 필요 없소."

"뭐? 왜?"

"바로 저자요."

무명이 방 한쪽에서 벌어지는 주사위 도박판을 가리켰다.

그곳에는 키가 어린아이만 한 난쟁이가 신바람을 내며 주사위를 집어 들고 있었다.

"도박이 성공했소."

"대박 터졌군, 후후후."

무명과 이강은 서로를 돌아보며 씨익 웃었다.

그리고 슬며시 도박판으로 다가갔다.

난쟁이가 하고 있는 것은 주사위 세 개를 쓰는 도박이었다.

자기 차례가 오면 사발 안에 주사위 세 개를 던진다.

세 개의 눈에 만드는 족보에 따라 상하를 가린다.

세 개의 눈이 각각 사, 오, 육이 나오면 건 돈의 두 배를 딴다.

반대로 일, 이, 삼이 나오면 건 돈의 두 배를 잃는다.

그밖에도 세 개의 눈이 모두 같으면 무조건 승리하는 등, 수많은 족보가 있었다.

가장 나쁜 것은 주사위가 사발 밖으로 빠져나오는 쫭이었다.

쫭이 되면 그 판은 아무 족보도 없이 돈을 잃었다.

난쟁이가 두 손 안에 주사위 세 개를 넣고 흔들었다.

딸각, 딸각, 딸각······.

"자아, 준비하시고! 쏩니다!"

난쟁이가 사발 안에 주사위를 던졌다. 딸그라락.

주사위들이 몇 바퀴를 데굴데굴 구르다가 멈췄다.

눈은 사, 오, 육이었다.

"대애박! 자자, 돈들 더 내놔!"

"쳇, 또 혼자 싹쓸이군."

"저놈은 반쪼가리 몸으로 태어나느라 못 받은 운을 도박에
다 쏟아부었나?"

도박에 진 사람들이 불평을 하며 판돈을 던졌다.

난쟁이는 입꼬리가 귓가에 걸리게 웃으며 은자와 지전을 두
손으로 긁어모았다.

그때 옆에서 누군가가 난쟁이의 귓가에 대고 말했다.

"잠깐 어디 가서 얘기 좀 할까?"

난쟁이가 고개를 돌리다가 흠칫 놀랐다. 목소리의 주인
이 두 눈을 검은 천으로 싸맨, 범상치 않은 외모였기 때문
이다.

만약 이강이 두 눈을 천으로 가리지 않았더라면, 난쟁이는
당장 그의 말을 들었을 것이다.

하지만 그 사실을 모르는 난쟁이는 대수롭지 않은 듯 말했
다.

"당신 누구야? 한번 노 났을 때 자리에서 일어나면 복운이

떨어진다는 것도 모르나?"

그때 이번에는 다른 자가 스윽 얼굴을 내밀었다.

"모르겠소만? 그리고 당장 얘기를 해야겠는데?"

바로 무명이었다.

"다, 당신. 여기는 어떻게 알고……."

무명을 알아본 난쟁이는 금세 얼굴이 새파랗게 질렸다. 하지만 무슨 생각을 했는지 그가 배짱을 퉁겼다.

"시, 싫다! 황금각에서 억지를 부렸다가는 황룡방(黃龍幇)이 가만 안 있을걸!"

도박장은 돈 문제로 온갖 싸움이 끊이지 않는다.

때문에 도박장은 무사들을 부리는 흑도 방파가 운영하는 게 대부분이었다.

즉, 난쟁이는 황금각의 주인 격인 황룡방의 위세를 믿고 큰소리를 친 것이었다.

그러자 이강이 난쟁이의 손에서 주사위를 빼앗으며 말했다.

"흑도 놈들이 이럴 때 꼭 하는 말이 있지. 권주를 마시겠냐? 아니면."

이강이 주사위를 쥔 손을 살짝 주먹 쥐었다.

"벌주를 마시겠냐?"

이강이 다시 손을 폈다.

그의 손바닥 위에는 주사위는 온데간데없고 희멀건 가루가 쌓여 있었다.

주먹을 쥔 것만으로 동물의 뼈를 깎아 만든 주사위 세 개를 가루로 만든 것이었다.

난쟁이는 물론 무명도 이강의 무공 수위에 깜짝 놀랐다.

난쟁이가 덜덜 떨리는 목소리로 말했다.

"…알았소. 따라가겠소."

그가 자리에서 일어서자 곳곳에서 불평이 터졌다.

"치사한 놈! 따고 가는 법이 어디 있나?"

하지만 이강의 무위를 확인한 난쟁이는 아무 말 없이 도박장을 나섰다.

무명과 이강은 난쟁이를 데리고 팔 층으로 올라갔다.

그리고 방을 하나 빌려서 들어갔다.

무명은 난쟁이를 탁자에 앉혔다.

그리고 자신은 맞은편에 앉았다.

이강은 방 한편에서 팔짱을 긴 채 조용히 서 있었다.

난쟁이는 이강이 말이 없는 것이 오히려 불안한지 끊임없이 시선을 흘깃거렸다.

청일에게 납치당했을 때는 난쟁이가 무명을 심문하려 했다.

그런데 지금은 상황이 정반대가 되었다.

무명은 왠지 쓴웃음이 났다.

무명이 물었다.

"아는 것을 모두 말하면 보내주겠소."

"무엇 말이오?"

"이매망량은 대체 어떤 조직이지?"

"말했지 않소? 그건 나도 잘 모른다고."

이강이 끼어들었다.

"끝까지 시치미군. 네 두 눈알이 주사위처럼 가루가 될지 안 될지 시험해 볼까?"

"저, 정말 모르오! 당신도 보아하니 흑도의 인물 같은데, 잘 알 것 아니오? 이매망량은 과거에 소문만 떠돌던 살수 집단일 뿐, 아무도 직접 본 사람이 없다는 것을!"

이강의 협박이 두려운지 난쟁이가 말을 쏟아냈다.

무명과 이강이 서로를 돌아봤다. 이강이 살짝 고개를 끄덕였다.

그가 난쟁이의 생각을 읽은 뒤 거짓말이 없다고 신호한 것이었다.

하지만 그 정도 정보로는 부족했다.

"그럼 백령은침은 무엇이오?"

"……."

"당신은 내 목뒤에 백령은침을 뺀 자국이 있다고 말했소. 그게 뭐지?"

"그, 그걸 말하면 내 목숨은 이매망량한테……."

난쟁이가 주저하자, 이강이 말했다.

"이매망량은 소문만 떠돌 뿐 실체는 없다면서? 어찌 됐든 상관없다. 결정해라. 놈들한테 나중에 죽든지, 아니면 여기서 지금 당장 내 손에 죽든지."

갑자기 이강은 방을 두리번거리더니 탁자에 놓인 술병을 들어 한 모금 마셨다.

"쳇, 싸구려 백건아인가? 황룡방이란 놈들 구두쇠였군."

계속해서 그는 술병 옆에 있는 잎담배를 집어 들어 불을 붙였다.

그리고 연기를 내뿜으며 말했다.

"이거 다 피울 때까지 말해."

"……."

난쟁이는 침을 꿀꺽 삼켰다.

너무나 태연한 이강의 언행이 오히려 그를 공포에 떨게 만들었던 것이다.

잠시 침음하던 난쟁이가 입을 열었다.

"이매망량은 사람을 납치한 뒤 백령은침을 꽂아 살수로 만든다고 들었소."

"침을 꽂아서 살수로? 어떻게?"

"목뒤, 그러니까 뇌와 몸의 신경이 연결되는 곳에 백령은침을 시술하오. 백령은침이 꽂힌 자는 혼백이 빠져나가서 백치처럼 변하오. 이매망량은 그자를 세뇌해서 수많은 살인 수단과 강호에 잠행하는 방법을 교육한다고 알고 있소."

난쟁이의 말은 충격적인 것이었다.

무명이 나직한 목소리로 물었다.

"백령은침을 시술받으면 이매망량의 명령을 무조건 따른다
는 말이오?"

"그렇소."

난쟁이가 고개를 끄덕였다.

"이매망량의 꼭두각시가 되는 것이오."

어떤 자의 목뒤에 백령은침을 시술한 다음 세뇌시켜서 살
수로 만든다.

난쟁이가 얘기한 이매망량의 실체는 충격적인 것이었다.

난쟁이가 말했다.

"또한 백령은침을 다시 빼면 그간의 기억을 모두 잃는다고
들었소. 살수가 정신을 차리고 도망치지 못하도록 한 게 아닐
까 생각하오. 그리고 당신도……."

그는 말을 흐리며 입을 다물었다.

하지만 무명은 그가 무슨 말을 하려던 것인지 깨달았다.

마치 이강처럼 난쟁이의 생각이 머릿속에 들리는 것 같았
다.

'당신도 백령은침을 뺀 자국이 있으니, 기억을 잃은 이유는
그것 때문이 아니오?'

무명은 말없이 침음했다.

기억을 잃은 이매망량의 꼭두각시 살수.

'그것이 나의 진면목이었나?'

잠시 후, 무명이 입을 열었다.

"그럼 다시 기억을 되찾는 방법은 없소?"

"뽑아낸 백령은침을 다시 목뒤에 꽂으면 기억이 되살아난다는 얘기는 들었소. 하지만……."

"하지만 뭐요?"

"그냥 소문으로 들은 얘기지, 실제 가능한지는 모르오. 내가 그걸 어떻게 알겠소?"

난쟁이는 자신이 없는지 주저하며 말했다.

무명이 재차 물었다.

"백령은침이란 것은 어떤 물건이오?"

"바늘처럼 생겼는데 굵기는 실처럼 가늘며 길이는 세 치 정도라고 하오. 그런데 중간에 요철(凹凸)이 심하고 구부러진 곳이 많아 보통 침술로는 시술이 불가능하다고 들었소."

그때 이강이 끼어들며 물었다.

"그 백령은침이란 게 있으면 네놈도 시술이 가능하냐?"

"그, 그건……."

"대답을 못 하는 걸 보니, 해볼 수는 있다는 뜻이군."

"시술을 했다간 나는 정말 이매망량의 손에 죽는다고!"

난쟁이가 소리쳤다.

그러나 이강은 태연하게 말을 이었다.

"또 그 헛소문 타령이군. 좋다. 그럼 이건 어떠냐?"

"뭐, 뭐요?"

"백령은침을 시술한 뒤 이매망량이 나타나면 내가 놈들을 죽여주지. 그런 조건이면 시술할 수 있겠지?"

"……."

난쟁이는 입을 다문 채 말을 꺼내지 못했다.

그때였다.

철컥.

방문의 자물쇠가 돌아갔다.

이어서 천천히 방문이 열렸다. 끼이이익.

무명의 눈빛이 날카로워졌다.

그는 생각했다.

'단순한 불청객이 아니다.'

객잔에 불청객이 찾아왔다면 먼저 세게 방문을 두드리는 것이 우선이다.

반대로 적이 급습했다면 방문을 부수면서 침입했을 것이다.

그런데 지금은 열쇠를 써서 잠긴 자물쇠를 열었다.

열쇠를 가진 자, 즉 황금각의 주인이 손님의 뜻은 아랑곳하지 않고 방에 들어왔다는 얘기다.

그것은 문제가 더욱 심각하다는 뜻이었다.

무명이 방문 쪽으로 고개를 돌렸다.

짐작이 맞았다.

복도에는 황색 두건을 쓰고 황의를 걸친 황룡방의 무사들이 방 앞을 포위한 채 진을 치고 있었다.

무리 중에서 한 남자가 앞으로 나서며 말했다.

"오호, 이게 누구시지? 혹시 적월혈영 이강이 아니냐?"

금빛이 번쩍거리는 황포를 걸친 남자는 오른쪽 눈에 길게 검상이 나 있었다.

겉모습은 화려하게 치장하여 폼을 냈는데, 외모는 사람들이 알아서 피할 만큼 험상궂었다.

자신이 강호의 무뢰배임을 숨기지 않는 남자.

그는 황룡방의 부방주인 황간이었다.

황간이 말했다.

"강호에 위명이 높은 적월혈영이 무슨 일로 황금각에 행차하셨는지?"

"개수작은 집어치워라."

이강이 대답했다.

"그동안 두 눈이 없는 자들을 닥치는 대로 잡아다 죽였군. 나를 못 찾아서 안달이 난 것을 다 알고 있다."

"엥? 어떻게 알았지?"

황간이 어리둥절한 눈으로 부하들을 둘러봤다.

부하들도 영문을 모르겠다는 얼굴이었다.

무명은 이강이 황간의 생각을 읽었다는 것을 눈치챘다.

이강이 재차 생각을 읽고 말했다.

"육지색마(六指色魔) 황극이 네 동생이었냐?"

"그건 또 어떻게… 아니, 상관없다. 적월혈영, 너는 빚을 반드시 갚는다고 들었다. 내 동생을 죽인 빚은 어떻게 갚을래? 뭐, 목숨만은 살려주지."

"그거 고맙군."

"대신 두 손과 두 팔을 자르고 소금을 뿌려 썩지 않게 절인 뒤 황금각에 걸어둬야겠다. 네 손발로 만든 부적이 복운은 들이고 액운은 쫓지 않겠냐? 크하하하하!"

황간이 호탕하게 웃음을 터뜨리자 부하들도 함께 웃어젖혔다.

복도는 금세 웃음소리로 시끄러워졌다.

그런데 이강이 고개를 갸웃거리며 말했다.

"빚은 이미 갚았는데?"

"뭐라고?"

"내가 황극 놈을 만났을 때, 놈은 여염집 아녀자 네 명을 차례로 겁간하고 다섯 번째 처녀를 납치해 온 참이었지. 그 처녀는 다행히 수치는 면했지만, 소문이 파다하게 나서 결국 고향을 떠나야 했다."

"그게 네가 내 동생을 죽인 거랑 무슨 상관이냐?"

"상관이 있지. 내가 마을 사람들과 처녀의 오빠한테 빚을 진 게 있었거든. 그래서 황극 놈을 죽여서 빚을 갚았다, 후후후."

이강은 태연자약하게 얘기를 늘어놓다가 예의 기분 나쁜 웃음으로 말을 끝마쳤다.

잠시 얼이 빠져 있던 황간이 정신을 차리며 소리쳤다.

"그럼 내 빚은? 내 동생이 죽은 빚도 갚아라!"

"싫다."

"뭐, 뭐야?"

"싫다고. 이번만큼은 부채를 지도록 하지."

이강의 뜻은 분명했다.

순순히 당하지 않고 맞서 싸우겠다는 말이었다.

"모두 죽여라! 참, 이강은 죽이지 마. 저놈은 큰형님이 처리하신다고 했으니까."

"삼형제 간의 우애가 참으로 깊군."

와아아아아!

황룡방의 무사들이 날이 넓고 휘어진 환도를 휘두르며 뛰어들었다.

"히이익!"

난쟁이가 겁에 질려 비명을 터뜨렸다.

무명은 그를 끌고 이강의 뒤로 숨었다.

무사 하나가 이강의 정수리를 향해 환도를 내려쳤다.

"죽어랏!"

"이놈 봐라? 부두목이 분명 죽이지는 말라고 했는데 아주지 마음대로일세?"

그 짧은 찰나에 이강은 농담을 던졌다.

하지만 그의 몸은 말이 끝나기도 전에 이미 움직이고 있었다.

스윽. 이강이 몸을 틀며 왼쪽으로 고개를 기울였다.

환도는 목표를 잃은 채 허공을 베고 지나갔다.

순간 이강이 왼손 검지로 무사의 팔꿈치를 찍었다.

쿡.

그러자 무사의 팔이 멈추지 않고 계속해서 반원을 그렸다. 부웅!

상대의 힘을 역이용해서 몇 갑절로 되돌려 주는 수법이었다.

급기야 무사는 뒤에 있는 동료의 어깨를 환도로 내려치고 말았다.

퍽! 무방비 상태로 환도를 맞은 무사는 피를 내뿜으며 바닥에 쓰러졌다.

"으아아악!"

"잡으라는 놈은 안 잡고 뭐 하는 짓이냐!"

"그, 그게 아니라 저놈이……."

"듣기 싫다!"

분노한 황간이 환도를 휘둘러서 실수한 무사의 목을 뎅겅 베었다.

그리고 환도로 이강을 가리키며 소리쳤다.

"네놈! 이젠 정말 살아서 황금각을 나갈 생각을 하지 마라!"

이강이 킥킥거리며 말했다.

"지들끼리 죽고 죽였으면서 나한테 화를 내는군, 크크크."

"죽어라!"

황간이 환도를 휘둘렀다.

부웅, 부웅, 부웅.

환도가 이강의 몸에다 가로세로로 열 십(十) 자를, 또 대각선으로 벨 예(乂) 자를 그었다.

그러나 황간의 환도는 이강의 사지는커녕 머리카락 한 올도 자르지 못했다.

환도가 날아올 때마다 이강이 몸과 고개를 슬쩍 돌리며 공격을 흘려 버렸던 것이다.

"이 자식이!"

분노한 황간이 마구잡이로 환도를 내려쳤다.

그러나 이강은 단 한 번도 맞지 않았다.

더욱 놀라운 것은, 이강이 자리에서 발을 떼지 않고 상체만 움직여서 환도를 피하고 있다는 점이었다.

황간은 더욱 미친 듯이 환도를 내려쳤다.

그러자 복도에 있는 부하들은 함부로 앞으로 나서지 못했다.

무작정 나갔다가 먼저 무사처럼 자기편의 환도를 맞는 날은 개죽음을 하는 꼴이 아닌가?

무명은 이강의 신법을 보며 침을 꿀꺽 삼켰다.

'황룡방의 무사들은 백 명이 덤벼도 이강 하나를 이길 수 없겠군.'

어느새 황간은 얼굴이 시뻘게진 채 땀을 뻘뻘 흘리고 있었다.

하지만 이강은 낮잠을 자는 것처럼 숨소리가 고요했다.

이강이 피식 웃으며 말했다.

"아직 준비운동 안 끝났냐?"

"이 개새끼가 진짜……."

그때 무명은 무언가 일이 잘못됐다는 것을 깨달았다.

욕지거리를 내뱉던 황간이 일순 입꼬리를 올리며 씨익 미소를 지었던 것이다.

이강이 전음으로 말했다.

[기습이다!]

순간 무명의 등 뒤에 있는 유리로 된 창문이 굉음을 내며 박살 났다.

콰창!

동시에 옥상에서 밧줄을 타고 내려온 황룡방의 자객 두 명이 방 안으로 몸을 날렸다.

휘익! 타탓!

두 자객은 바닥에 발이 닿기도 전에 거꾸로 쥔 단도를 거칠

게 휘둘렀다.

"히이이익!"

난쟁이가 단도를 피하다가 바닥에 나뒹굴었다.

자객들은 저항을 포기한 상대를 내버려 둔 채 무명에게 달려들었다.

그걸 본 이강이 다급히 몸을 돌려 자객들을 막으려 했다.

"서생 놈아, 일 초식만 버텨라!"

하지만 자객 두 명도, 이강도 미처 깨닫지 못한 것이 있었다.

무명은 이강이 전음을 보내기 전에 이미 황간의 미소를 보고 암수(暗手)를 준비했던 것이다.

두 자객이 가슴팍에 단도를 꽂으려고 달려드는 찰나, 무명이 입에 가득 담고 있던 액체를 자객들의 얼굴에 내뿜었다.

푸우우우!

자객들은 정체 모를 액체를 얼굴에 통째로 뒤집어썼다.

하지만 그들은 황룡방이 비싼 금액을 써서 고용한 전문 살수답게 조금도 개의치 않고 돌진했다.

당장 목숨이 끊어지지 않는 한 적어도 목표와 함께 동귀어진 한다.

그것이 자객들의 직업 신조였다.

그러나 그들은 실수한 게 있었다.

목표가 기존 강호인과는 전혀 다른 상대라는 점이었다.

무명이 입에 잔뜩 문 액체는 다름 아닌 백건아였다.

이강이 한 모금 마시다 말았을 만큼 싸구려 술인 백건아.

하지만 백건아는 도수가 육십 도를 넘는 독주(毒酒)다.

무명은 계속 백건아를 내뿜으면서 그 끝에 손에 쥔 무언가를 갖다 댔다.

이강이 불을 붙이고 탁자에 놓아두었던 잎담배였다.

퍼엉! 화르르르!

공중에서 엄청난 불길이 폭발했다.

솟아오른 불길이 두 자객의 머리를 통째로 삼켜 버렸다.

"으아아아아악!"

자객들은 두 손을 미친 듯이 휘두르며 불을 끄려고 했다.

그러나 육십 도의 백건아에 붙은 불길은 조금도 사그라들지 않았다.

오히려 손과 상반신으로 불길이 옮겨붙었다.

"아아아악……."

두 명의 자객은 바닥에 쓰러져 발버둥을 치다가 어느 순간 동작을 멈추고 말았다.

무명이 이강을 보며 무심하게 말했다.

"일 초식은 버텼소."

"…네놈, 심계만 잘 쓰는 줄 알았더니 암수도 일품이군."

이강이 잠깐 침음하다가 말했다.

그도 이번만큼은 놀란 눈치였다.

놀란 것은 이강만이 아니었다.

황간과 황룡방 무사들도 입을 딱 벌리고 있었다.

무공을 쓰지 않고 자객 두 명을 황천길로 보낸 무명.

그의 임기응변 수법은 지금까지 한 번도 경험한 적이 없는 것이었다.

그들은 침을 꿀꺽 삼키며 서로의 얼굴을 쳐다봤다.

겁쟁이인 게 분명한 난쟁이를 제외하면, 실제 상대는 이강과 무명 단 두 명이다.

하지만 그 둘이 절대 녹록한 상대가 아니라는 것을 깨달은 표정이었다.

무명은 그들의 얼굴을 보며 생각했다.

'강호에서는 힘이 곧 진리다.'

힘 있는 상대에게는 아무도 함부로 대하지 않는다.

반면 힘이 없다고 느끼면 상대를 멸시하며 찍어 누르려고 한다.

비정(非情). 그것이 강호의 법칙이었다.

그때였다.

휘익! 갑자기 무명의 등 뒤에서 거센 바람이 일었다.

무명은 깜짝 놀라 몸을 돌리려 했다.

순간 누군가가 거대한 손으로 무명의 뒷덜미를 틀어쥐

었다.

턱! 그자가 한 손으로 무명의 몸을 공중에 들어 올렸다.

"크윽!"

공중에 발이 붕 뜬 무명은 꼼짝할 수가 없었다.

황간이 반가운 눈빛으로 소리쳤다.

"큰형님!"

"조용히 해. 귀 안 먹었다."

"네……."

그는 황간 삼형제의 큰형이며 당금 황룡방의 방주인 홍저 귀(紅猪鬼) 황각이었다.

황룡방의 방주, 홍저귀 황각.

황각은 키가 무명보다 머리 하나가 더 컸다

그런데 체구가 엄청나게 비대하여 두 눈이 살 속에 박혀서 잘 보이지 않았으며, 턱살은 몇 겹으로 겹쳐져 있었다.

또한 배가 태산처럼 부풀어 올라서 허리띠가 끊어질 정도였 다.

키도 체구도 엄청나게 큰 황각.

그런 그가 밖에서 창문을 넘어와 무명을 사로잡은 것이 다.

소리 없이 급습한 것은 물론, 비대한 몸집으로 좁은 창문 을 통과한 것이 믿기지 않았다.

황각이 한 손으로 무명의 뒷덜미를 틀어잡고 공중에 들어

올렸다.

그의 손에 붙잡힌 무명은 어린아이처럼 보였다.

"크윽!"

"시끄럽다. 밥맛 떨어져."

그는 다른 손에 쥔 큼지막한 뼈다귀의 살점을 뜯었다.

그리고 연신 침을 튀기며 맛있게 고기를 씹었다.

우지직, 쩝쩝쩝.

그는 잠잘 때 말고 음식을 손에서 놓은 적이 없었다.

때문에 황포는 음식물 찌꺼기와 국물 자국이 묻어서 더럽고 지저분했다.

싸움 중에도 음식을 먹어치우는 식욕의 소유자.

그가 바로 도성 밖의 아이들이 이름만 들어도 울음을 그친다는 붉은 돼지 귀신, 홍저귀였다.

황각이 옷소매로 이마에 줄줄 흐르는 땀을 훔치며 말했다.

"왜 이리 소란이야? 애들은 죄다 부르고, 무슨 난리라도 났어?"

"큰형님! 저게 그놈입니다. 적월혈영 이강이라고요!"

황간이 이강을 가리키며 소리쳤다.

그런데 황각의 대답은 뜬금이 없는 것이었다.

"이강? 그게 누군데?"

"벌써 잊어먹었어요? 막냇동생을 죽인 놈이잖아요!"

"아아, 그랬지."

황각이 고개를 돌려 이강을 쳐다봤다.

하지만 고개를 갸우뚱하는 모습이, 이강이 누구인지 기억 안 난다는 얼굴이었다.

황간은 어이가 없었지만 황각이 무서워서 차마 큰소리를 내지 못했다.

"뭐, 좋아. 이놈들은 또 뭔데?"

황각이 고갯짓으로 무명과 난쟁이를 가리켰다.

황간이 대답했다.

"잘 몰라요. 이강과 한패거리 같아요."

옆에서 황룡방 무사 하나가 끼어들며 말했다.

"난쟁이는 우리 황금각에 종종 들릅니다. 고문사로 알고 있습니다."

"고문사?"

황각이 시큰둥하게 말했다.

"눈알을 뽑고 손발을 자르면 입을 열 텐데, 고문사 따위를 찾는 놈들이 있단 말야?"

"......"

황간과 무사들은 감히 토를 달지 못하고 입을 다물었다.

황각이 이강을 보며 말했다.

"네가 우리 막내를 죽였다고?"

"그래."

"그런데 제 발로 황금각에 들어왔어? 이 홍저귀 황각이 무섭지도 않아?"

이강이 킬킬거리며 대답했다.

"겉은 비곗덩어리고 속은 똥으로 가득 찬 놈이 뭐가 무섭지?"

"……."

이강의 말에 황각이 잠깐 어리둥절한 표정을 지었다가 금세 볼살을 일그러뜨렸다.

방 안 분위기가 급속도로 얼어붙었다.

침을 꿀꺽 삼키며 공포에 떠는 자는 이강도, 무명도, 난쟁이도 아니었다.

바로 황간과 황룡방의 무사들이었다.

그들은 마음속으로 생각했다.

'큰일 났다! 방주님 폭발하기 일보 직전이다!'

'모두 일 터지면 바로 튀어!'

황룡방 무사들이 초조한 얼굴로 슬그머니 조금씩 물러났다.

황각은 손바닥이 쟁반만큼 넓어서 큼지막한 수박도 한 손에 쥘 수 있었다.

또한 두께가 한겨울의 솜이불처럼 두꺼웠다.

그는 화가 나면 아군 적군 가리지 않고 두 손바닥을 마구잡이로 휘둘렀다.

게다가 그가 후려치는 손바닥에는 독문무공인 압궤장(壓圓掌)의 내력이 실려 있었다.

단순한 외공이 아닌, 내공이 실린 일장.

그의 손바닥에 맞아 비명횡사한 황룡방 무사들은 하나둘이 아니었다.

때문에 황룡방 무사들은 일이 터지면 당장 도망칠 마음부터 먹고 있었던 것이다.

잠시 침음하던 황각이 고개를 홱 돌려서 황간에게 말했다.

"아우야."

"네! 큰형님."

"대문 앞에다가 가마솥 내걸고 물 좀 끓여라."

"갑자기 물은 왜요?"

"두 발 달린 양고기가 세 마리나 들어왔잖아? 푹 삶아서 시장에 내다 팔아야지."

두 발 달린 양고기란 인육(人肉)을 뜻했다.

즉, 황각의 말은 이강, 무명, 난쟁이 세 명을 죽여서 인육으로 만들겠다는 소리였다.

금전 문제로 싸움이 잦은 황룡방에서 사람이 죽어나가는 것은 하루 이틀 일이 아니었다.

하지만 도박장에서는 사람을 죽여도 돈 문제가 확실해야 했다.

도박 빚이 아니라 다른 이유로 사람이 죽으면 손님들의 발길이 끊기기 때문이었다.

그런데 황각은 황금각 대문 앞에서 무명 일행 셋을 죽이겠다고 말한 것이다.

황간과 황룡방 무사들은 어찌해야 될지 모르고 주저했다.

"뭐 해? 솥 내걸지 않고!"

황각이 분노해서 소리쳤다. 그 바람에 무명의 뒷덜미를 잡고 있는 황각의 손아귀에 힘이 들어갔다.

콰드드득!

무명은 목이 끊어질 듯한 고통에 신음을 흘렸다.

"크으윽……"

"조용히 해, 양고기야!"

황각이 무명의 귀에 대고 윽박질렀다.

하지만 그의 분노는 소리치는 정도로 가라앉지 않았다.

급기야 그는 다른 손에 든 뼈다귀를 휙 던져 버렸다.

그리고 쟁반만 한 손바닥을 활짝 펼쳐서 무명의 얼굴을 후려쳤다.

"주둥아리를 아예 뭉개주마!"

이강이 몸을 날리려고 했으나, 때는 이미 늦었다.

퍼엉! 엄청난 굉음이 터졌다. 무명의 얼굴은 묵사발이 되었다.

…아니, 묵사발이 되어야 했다. 하지만 무언가 이상했다.

일장을 후려친 황각이 고개를 갸우뚱하면서 중얼거렸다.

"뭐야? 감히 나한테 맞먹으려 들어?"

황각의 손바닥은 무명의 바로 코앞에서 딱 정지해 있었다.

실은 황각이 일장을 날리는 순간 무명이 두 손을 들어 그의 손바닥을 막은 것이었다.

"흐으읍!"

무명은 있는 힘을 다해 황각의 손바닥을 밀었다.

그러나 폭이 무려 두 척이 넘는 황각의 손바닥에 비해 무명의 것은 그 절반도 채 되지 않았다.

어른 손바닥을 아이가 두 손으로 막는 격이었다.

"이 새끼가 겁대가리가 없네?"

황각이 피식 헛웃음을 지었다.

순간 그의 손바닥이 화로에 넣었다 뺀 부지깽이처럼 시뻘겋게 달아오르기 시작했다.

고오오오오!

독문무공인 압궤장을 써서 전신의 내력을 일장에 쏟아부은 것이었다.

"아주 곤죽으로 만들어주마!"

황각이 한 손으로 무명의 뒷덜미를, 한 손으로 그의 두 손을 찍어 눌렀다.

옆에서 난쟁이가 입을 딱 벌린 채 그 모습을 쳐다봤다.

그가 이강에게 다급히 소리쳤다.

"이보시오! 어떻게든 해야 되지 않소?"

그는 무명과 이강이 황룡방에게 살해당하면 자신 역시 죽음을 면치 못한다고 생각했다.

그런데 이강의 반응이 이상했다.

두 눈이 없는 그가 마치 절대 믿을 수 없는 광경을 보았다는 듯이 고개를 갸웃거리기만 했던 것이다.

그가 나직하게 중얼거렸다.

"이상하군. 설마……."

무언가 이상하다는 것을 느낀 사람은 이강만이 아니었다.

황각이 멍청한 목소리로 말했다.

"이게 뭐야?"

황각을 처음 대하는 사람들은 그가 기골이 장대하고 살집이 많은 것을 보고 외가무공의 고수라고 생각한다.

실은 정반대였다.

황각의 체구는 타고난 것일 뿐, 그의 주특기는 내가무공에 있었다.

황각의 내공 수위를 얕보다가 독문무공 압궤장에 내상(內傷)을 입고 황천길에 오른 혹도 고수가 스무 명도 더 되었다.

황각 역시 그 사실을 잘 알고 있었다.

때문에 그는 싸움이 벌어질 때마다 상대를 장법(掌法) 대결로 몰고 갔다.

일단 황각과 손바닥을 맞부딪치면 중간에 떼는 것은 불가능했다.

상대는 열을 셀 시간을 버티지 못하고 내력이 다해 무릎을 꿇기 일쑤였던 것이다.

그런데 지금은 상황이 달랐다.

황각은 얼굴이 희고 갸름한 무명을 무공을 모르는 백면서 생으로 여기고 있었다.

그런데 그런 무명이 열을 셀 시간을 훨씬 넘도록 압궤장을 막고 있는 것이었다.

황각은 그 사실을 인정할 수 없었다.

"이 새끼가 진짜!"

황각이 숨을 깊게 들이마셨다가 내쉬었다.

후우우우. 그는 전신의 내력을 남김없이 일장에 퍼부었다.

그의 손이 달아오른 부지깽이가 아니라 핏덩이처럼 바뀌었다.

하지만 무명의 두 손은 한 치도 물러나지 않았다.

상황이 이상하게 돌아가자 황간이 물었다.

"큰형님? 무슨 문제라도 있습니까?"

"그게, 이 새끼……."

대답을 하려던 황각은 가슴이 쿵 뛰는 것을 느끼고 입을 다물고 말았다.

황간과 황룡방 무사들은 그제야 일이 잘못되었다는 것을 깨달았다.

"큰형님! 저희들이 돕겠습니다!"

하지만 말과는 달리 그들은 당장 뛰어들지 못하고 주저했다.

황각이 언제 분노를 터뜨리며 마구잡이로 장법을 출수할지 몰랐기 때문이다.

그런데 황각이 손을 휘저으며 말하는 것이었다.

"오, 오지 마!"

"네? 왜요?"

"날 건드리면 안 돼!"

황각과 황룡방 무사들이 영문을 몰라서 멍청히 있을 때, 이강만이 무슨 일이 벌어지고 있는지 깨닫고 혼잣말을 했다.

"내공 대결이군."

그랬다.

황각과 무명은 서로 손바닥을 마주대고 내력을 겨루고 있는 중이었다.

내공 대결을 할 때 함부로 몸을 건드리면 기혈이 뒤틀려서 주화입마에 들거나 심지어 목숨을 잃을 수 있었다.

황각이 황간과 무사들을 막은 이유는 그래서였다.

"서생 놈, 역시 평범한 세작 나부랭이가 아니었어."

이강이 의미심장한 표정으로 중얼거렸다.

어느새 황각이 숨을 몰아쉬며 씩씩거리기 시작했다.

그는 비대한 체구여서 평소 얼굴이 벌겋고 땀을 많이 흘렸다.

그런데 지금은 이마에서 진땀이 물처럼 줄줄 흘러내렸다.

급기야 그의 두 뺨은 며칠을 앓은 사람처럼 핼쑥해졌다.

황각이 학질에 걸린 사람처럼 전신을 덜덜 떨며 말했다.

"이건 흐, 흡성……."

"큰형님!"

"크아아악!"

황각이 마지막 남은 힘을 다해서 무명의 두 손을 밀쳤다.

그와 무명의 손바닥이 떨어지자 쩍 하고 큰 소리가 났다.

두 사람은 번개에 맞은 사람처럼 사지를 쭉 뻗은 채 뒤로 물러났다.

황각은 비틀거리며 세 걸음을 물러나다가 간신히 걸음을 멈췄다.

반면 무명은 황각의 힘을 이기지 못한 채 방구석으로 데굴데굴 굴러가서 나동그라졌다.

황간과 무사들은 황각이 이겼다고 생각하고 환호성을 질렀다.

"역시 큰형님이십니다!"

"황룡방주 만만세!"

그런데 누군가가 피식하고 냉소했다.

바로 이강이었다. 그가 차가운 목소리로 말했다.

"승패는 끝까지 봐야지. 대나무는 강풍이 지나가면 굽었던 몸을 다시 펴지만, 억새는 허리가 부러져서 다시는 일어나지 못하는 법이다."

"뭐야? 개소리는 집어치우라고……."

이강의 말에 코웃음을 치던 황간이 말을 삼키고 입을 다물었다.

상처 하나 없이 멀쩡해 보였던 황각이 갑자기 돼지 멱따는 신음성을 흘렸던 것이다.

"끄어어어어……."

황각의 두 눈이 희번덕거리더니, 눈동자가 위로 올라가 흰 자위만 드러났다.

이어서 황각의 몸이 앞으로 스르르 기울어졌다.

그리고 통나무가 넘어가는 것처럼 바닥에 일자로 쓰러지고 말았다.

털푸덕!

황간과 황룡방 무사들은 입을 딱 벌린 채 다물지 못했다.

"큰 형니임?"

황간이 말을 걸었지만 황각은 바닥에 엎어진 채 대답이 없었다.

그때였다.

고장 난 인형처럼 방구석에 널브러져 있던 무명이 고개를 들더니 천천히 몸을 일으키기 시작했다.

곧 무명이 자리에서 완전히 일어나 두 발로 섰다.

신체의 어느 한 곳도 구부정하지 않은, 곧은 자세였다.

그 모습이 청수한 그의 얼굴과 어우러져서 마치 강호의 은둔고수 같은 분위기를 자아냈다.

황간이 신음을 흘리며 소리쳤다.

"말도 안 돼! 큰형님의 일장을 맞고 다시 일어난 사람, 아니, 죽지 않은 사람은 지금까지 한 명도 나오지 않았다고!"

그러자 무명이 황간을 향해 스윽 고개를 돌렸다.

황간과 황룡방 무사들이 흠칫 놀라며 상체를 젖혔다.

무명이 무감정한 목소리로 말했다.

"이제 한 명 나왔소."

황룡방주 황각과 무공을 모르는 서생의 내공 대결.

누구라도 전자의 승리를 점치는 것이 뻔했다.

그러나 결과는 예상을 빗나갔다.

서생은 두 발로 일어선 반면, 멀쩡해 보이던 황룡방주가 바닥에 쓰러졌던 것이다.

황각이 목소리를 떨며 입을 열었다.

"큰형님?"

하지만 황각은 대답이 없었다.

그는 완전히 탈진해서 정신을 잃고 있었다.

황간과 황룡방 무사들은 믿을 수 없다는 눈으로 무명을 쳐다봤다.

그들의 머릿속에는 한 가지 생각만 맴돌았다.

'대체 무슨 일이 벌어진 거지?'

방금 전의 일이었다.

황각과 무명의 손바닥이 맞붙는 순간, 무명은 엄청난 압박감에 속으로 비명을 질렀다.

'크읍!'

황각은 양손으로 무명의 뒷덜미와 얼굴 양쪽을 짓눌렀다. 무명은 이를 꽉 물며 버텼다.

그때 황각의 일장이 뜨겁게 달아오르기 시작했다.

그가 내력을 쏟아부었던 것이다.

무명은 시뻘건 철판에 두 손바닥을 갖다 댄 것 같았다.

'크으윽!'

그는 손을 떼려고 했다. 하지만 손바닥이 착 달라붙어서 떨어지지 않았다.

일단 내공 대결이 시작되면 한쪽이 큰 내상을 입기 전에는 절대 손을 뗄 수가 없었다.

뜨거운 열기가 무명의 손바닥을 파고들었다.

열기는 팔을 따라 어깨로 올라왔다.

그리고 심장까지 전해졌다.

무명은 심장이 굵은 밧줄로 칭칭 묶인 듯한 고통을 느끼고 신음했다.

"허억!"

그때였다. 숨을 토하는 순간, 열기가 몸을 관통해서 어디론가 흘러가는 게 아닌가?

열기는 계속해서 전신의 혈맥을 따라 흘렀다.

그리고 몸의 어느 곳에서 고이기 시작했다.

단전이었다.

무명은 황궁 서고에서 돌아왔을 때 운기조식을 하며 자신의 내공을 시험했다.

하지만 그의 단전은 한 줌의 내력을 모으는 것도 힘들 만큼 텅 비어 있었다.

내공을 수련한 흔적은 있으나, 내력은 일 초식을 펼치기도 힘들었다.

반면 그의 단전은 거대한 그릇과 같았다.

그 그릇에 열기가 빠른 속도로 차고 있었다.

마치 거꾸로 놓은 모래시계의 바닥에 모래가 쌓이는 것처럼.

열기는 불덩이처럼 뜨거웠다.

그러나 그릇은 얼음처럼 차가웠다.

열기가 찬 그릇에 담기자 급속도로 식었다.

그릇 안의 액체는 처음에는 소용돌이를 만들었지만 곧 호수처럼 잔잔해졌다.

황각은 그것도 모르고 일장에 모든 내력을 쏟아부었다.

"이 새끼가 진짜!"

하지만 그의 내력은 무명의 손바닥을 통해 홀연히 자취를 감췄다.

황각은 영문을 알 수 없어서 더욱 세차게 내력을 퍼부었다.

그러나 내력은 계속해서 사라지기만 했다.

마치 구멍 난 독에 아무리 물을 부어도 차오르지 않는 것 같았다.

황각은 그제야 일이 잘못됐다는 사실을 깨달았다.

그런데 일장을 회수하려고 해도 손바닥이 떨어지지 않는 것이었다.

'이게 뭐야?'

문득 그의 머릿속을 스치는 생각이 있었다.

'내 내공을 흡수하는 건가?'

황각은 강호에 떠도는 소문이 떠올랐다.

상대의 내공을 흡수해서 자기 것으로 만드는 무공이 있다는 소문이었다.

오랜 시간 수련한 내공을 하루아침에 잃어버리면 폐인이 된다.

명문정파는 그 무공을 쓰는 자를 사마외도의 무리로 간주했다.

명문정파에게 무림의 공적으로 낙인찍히면 강호에 발붙이

기가 힘들다.

때문에 그 무공은 강호에서 사라진 지 오래였다.

그런데 지금 황각 앞에 있는 서생이 소문 속의 무공을 쓰고 있는 것이었다.

무공의 이름은 흡성신공(吸星神功)이었다.

'설마……'

급기야 황각은 몸이 덜덜 떨리고 진땀이 물처럼 흘러내렸다.

그는 젖 먹던 힘까지 써서 무명의 두 손에서 일장을 떼어냈다.

만약 계속 손을 붙이고 있었더라면 삼십 년을 넘게 수련한 내공이 물거품처럼 사라졌으리라.

그것이 황각이 쓰러진 이유였다.

삽시간에 내력을 절반 이상 소모하자 탈진했던 것이다.

무명이 천천히 심호흡을 했다.

"후우우우우."

무명은 숨을 길게 내쉰 뒤 고개를 들었다.

그의 두 눈은 은은한 안광으로 빛을 발했다.

황간과 무사들은 방주를 쓰러뜨린 자에게 감히 덤빌 생각조차 하지 못했다.

방 안의 모든 사람이 넋을 잃고 있을 때, 이강이 전음을 보냈다.

[네놈, 역시 평범한 서생도 세작도 아니었군.]

[당신이 할 말은 아닌 것 같소만?]

[후후후. 그런가?]

둘은 약속한 것처럼 고개를 돌렸다.

황간과 무사들이 몸을 떨며 화들짝 놀랐다.

이강이 황간에게 말했다.

"계속 빚 타령을 할 거냐?"

"……."

"아니면 비켜라."

이강이 황간을 향해 성큼성큼 걸어갔다.

황간은 고개를 숙이며 옆으로 비켰다.

부방주가 이강을 피하자, 황룡방 무사들도 멈칫거리며 뒤로 물러났다.

무명이 난쟁이에게 말했다.

"아직 할 얘기가 남았으니 따라오시오."

난쟁이는 주위를 둘러보다가 달리 방법이 없다고 여겼는지 무명의 뒤를 따라갔다.

복도로 나온 이강, 무명, 난쟁이 셋은 계단 쪽으로 발을 옮겼다.

이강이 물었다.

"이제 어쩔 셈이냐?"

"관제묘로 갑시다."

"난쟁이 놈을 계속 심문하려고?"

"아는 것은 모두 말한 것 같으니, 더 이상 심문은 하지 않겠소."

"정말이오?"

난쟁이가 환한 얼굴을 하며 끼어들었다.

그러나 무명의 다음 말이 그의 기대를 저버렸다.

"하지만 이대로 놔줄 수는 없지. 백령은침이란 것을 찾으면 시술을 받아야 되니까. 나중에 다시 찾을 수 있게 확실한 약조를 받아야겠소."

"…알았소."

"손오공이 도망 못 가도록 머리에 테를 씌우겠다는 말이구나, 크크크!"

잠깐 밝아졌던 난쟁이의 얼굴이 금세 침울하게 바뀌었다.

그런데 셋이 칠 층에 내려왔을 때였다.

방에서 막 십여 명의 사람들이 나오고 있었다. 그들 중 하나가 난쟁이를 알아보고 외쳤다.

"저기 있다!"

사람들이 우르르 몰려와서 무명 일행을 포위했다.

이강이 그들의 생각을 읽었는지 말했다.

"귀찮게 됐군. 난쟁이 놈이 손이 근질거렸던 것 같다."

"무슨 뜻이오?"

"놈은 도박을 할 때 속임수를 쓰는 모양이다."

"속임수?"

남자 하나가 무명의 물음에 대답하듯이 소리쳤다.

"난쟁이를 잡아! 이것 봐, 저놈이 속임수를 썼다!"

남자가 손바닥을 펼쳤다. 손바닥에는 주사위 세 개가 놓여 있었다.

그가 갑자기 주사위를 바닥에 팽개쳤다.

주사위는 데굴데굴 구르다가 멈추더니, 각각 사, 오, 육의 눈을 만들었다.

남자가 계속해서 이번에는 주사위를 발로 찼다.

그러자 이번에도 사, 오, 육의 눈이 나왔다.

몇 번을 해도 마찬가지였다.

"봤지? 던지기만 하면 사, 오, 육이 나오는 주사위다!"

사람들이 분개하며 소리쳤다.

"난쟁이가 지금까지 개수작을 부렸단 말야?"

"나 지난번에도 저 난쟁이한테 돈 잃었어! 지금까지 잃은 게 한밑천이라고!"

"내 돈 내놔!"

사람들이 소란을 피우자, 다른 방에서도 구경꾼들이 쏟아져 나왔다.

안 그래도 시끄럽던 도박장은 금세 시장 바닥으로 변했다.

무명은 어떻게 된 일인지 깨달았다.

난쟁이는 도박장에서 가짜 주사위를 써서 돈을 챙겨온 것이었다. 사람들의 말을 듣자니, 한두 번이 아닌 것 같았다.

문제는 하필 오늘 속임수가 발각되었다는 것이다.

무명은 입맛이 썼다.

'지금 난쟁이를 놓칠 수는 없다.'

난쟁이는 무명의 기억을 되찾기 위해 꼭 필요한 인물이었다.

발에 족쇄를 채우든, 어떤 약점을 잡든, 무슨 수를 써서라도 그를 붙잡아놔야 했다.

무명이 사람들 앞으로 나서며 말했다.

"당신들이 잃은 돈이 얼마요?"

"그걸 당신이 왜 물어?"

"이자한테 속임수로 잃은 돈을 내가 전부 갚아주겠소. 얼마요?"

"……."

갑자기 난쟁이의 도박 빚을 대신 갚겠다는 사람이 나타나자, 사람들은 말문이 막혔는지 서로의 얼굴만 쳐다봤다.

그러다가 곧 정신을 차리고 소리쳤다.

"나는 은 열다섯 냥 잃었어!"

"나는 삼십 냥!"

"나는 오십, 아니, 백 냥! 그래, 백 냥은 받아야 돼!"

사람들은 도박꾼 아니랄까 봐 멋대로 금액을 불려 말했다.

무명은 한숨이 나왔지만 일단 눈앞의 일을 해결하기로 했다.

그런데 무명이 품에서 은자를 꺼내려 할 때였다.

"잠깐. 돈보다 더 중요한 게 있지."

남자 하나가 사람들 틈을 뚫고 불쑥 앞으로 나왔다.

험상궂은 얼굴을 한 남자는 훌렁 벗은 상체에 수십 군데 넘게 칼자국이 나 있었다.

강호에서 흔히 볼 수 있는, 돈을 받고 싸움을 해주는 도검수(刀劍手)였다.

남자가 무식하게 큰 청룡도를 들어 보이며 말했다.

"속임수 쓰다가 들키면 손모가지 날아간다는 것은 가르쳐 줘야지?"

도박은 남을 찍어 누르고 돈을 갈취하는 놀이다.

도박꾼들에게 남이 패망하는 모습은 여흥과도 같았다.

사람들은 곧 도검수의 말에 고개를 끄덕였다.

"암! 속임수를 쓴 손은 잘라야 마땅하지!"

"그 손모가지 잘라라!"

이제 난처해진 쪽은 무명이었다. 손목이 잘린다면 의원을 바로 찾아간다고 해도 난쟁이의 목숨을 구한다는 보장은 없었다.

아니, 그가 손목을 잃으면 백령은침의 시술도 물거품이 되는 게 아닌가?

사실 도박장에서 손님은 칼을 빼 들 수 없었다.

누군가 무기를 들면, 도박장을 지키는 무사들이 당장 그를 내쫓았다.

그러나 지금은 하필 황룡방의 무사들이 몽땅 팔 층에 올라가 있었다.

그 바람에 점소이만 발을 동동 구를 뿐, 아무도 달려오는 자가 없었다.

무명이 이강에게 전음을 보냈다.

[손 좀 써주시오.]

[세 번째 빚을 갚으라는 거냐?]

[고작 이 정도로?]

[후후후, 좋다. 이번 것은 덤으로 쳐주지.]

남자가 난쟁이의 목에 청룡도를 들이댔다.

"어떡할래? 손모가지를 내놓겠냐, 아니면 그냥 모가지를 내놓겠냐?"

그때 누군가의 손이 스윽 나오더니, 엄지와 검지만으로 청룡도의 날을 붙잡았다.

"누구냐? 죽고 싶어?"

남자는 청룡도를 높이 치켜들려고 했다.

하지만 청룡도는 못이 박힌 듯 꿈쩍도 하지 않았다.

"뭐, 뭐야?"

남자가 끄응 힘을 내면서 청룡도를 잡아챘다.

그러나 아무리 힘을 써도 청룡도는 한 치도 움직이지 않았다.

엄지와 검지만으로 청룡도를 잡은 자는 물론 이강이었다.

그가 킬킬거리며 말했다.

"무슨 칼이 이렇게 물렁하지? 이걸로는 손목은커녕 닭 목도 못 치겠군."

"뭐라고? 이 칼은 내가 수십 번 담금질을 해서……."

그때 이강이 청룡도를 잡은 손을 천천히 아래로 내렸다.

그러자 날이 시퍼런 청룡도가 둥글게 휘기 시작했다.

"수십 번 담금질? 이건 쇠가 아니라 구리 같은데?"

"구리가 아니라 분명 강철……."

남자는 말을 삼키고 말았다.

이강의 손이 크게 반원을 그렸다.

청룡도의 날은 이제 쌀 포(勹) 자 모양으로 반원을 그리며 휘어져 있었다.

마치 오뉴월에 늘어진 엿가락처럼.

이강이 툭 손가락을 튕겼다.

어느새 동그란 고리처럼 변한 청룡도가 복도 멀리 날아가 바닥에 떨어졌다. 챙강!

"어떡할래? 이래도 계속 손모가지 운운하며 입을 털 거냐?"

"……."

남자는 물론 복도에 있는 사람들 모두가 입을 다물지 못하고 경악했다.

무명은 그 틈을 놓치지 않았다.

그가 난쟁이에게 눈빛으로 신호를 보냈다.

난쟁이가 고개를 끄덕이더니 슬그머니 계단 쪽으로 움직였다.

도박장에 계속 있다가는 어차피 죽을 목숨이니, 일단 무명의 말을 따라야겠다고 생각한 것이다.

무명과 난쟁이는 서둘러 계단을 내려갔다.

육 층에 도착하자 여유가 생겼다.

무명이 계단 위를 보며 전음을 보냈다.

[꼭 곡예단의 진기명기 같군.]

[뭘 모르는군. 무공을 모르는 놈들한테는 이런 게 더 잘 먹히는 법이다.]

[명심해 두겠소, 후후후.]

무명은 이강처럼 피식 웃음을 흘렸다.

그때였다.

전신에 흑의를 걸친 자가 복도 모퉁이를 돌아 무명의 옆으로 다가왔다.

무명은 그냥 지나가는 도박꾼인 줄 알았다.

그런데 그자는 깊이 눌러쓴 두건 밑에 복면을 착용하고 있는 것이었다.

무명은 직감했다.

살수다!

그는 이강이 있는 곳을 향해 재빨리 몸을 돌렸다.

하지만 살수의 손이 더 빨랐다.

쉬익!

살수의 검지가 전광석화처럼 날아와 무명의 가슴팍에 꽂혔다.

4장.

만련영생교(萬蓮永生敎)의 암수

혹의인(黑衣人) 한 명이 무명에게 다가왔다.

무명은 그자를 보는 순간 살수라는 것을 직감했다.

두건 밑에 복면을 착용해서 얼굴을 숨기고 있었기 때문이다.

그러나 미처 피할 틈이 없었다.

어느새 혹의인의 검지가 가슴을 향해 날아왔던 것이다.

쉬익!

순간 무명은 임기응변의 계책을 생각해 냈다.

그리고 이강에게 전음을 보냈다.

하지만 혹의인의 검지가 이미 무명의 마혈(痲穴)을 점혈해

버린 뒤였다.

팟!

무명은 전신이 마비되고 혀가 꼬이는 바람에 말을 제대로 끝내지 못했다.

[…에게 물으시오.]

그는 앞으로 달려 나가려는 모습을 한 채 목각상처럼 딱딱하게 굳어버리고 말았다.

흑의인의·복면이 주름이 지며 일그러졌다. 복면 속에 있을, 입꼬리를 올리며 씨익 웃는 그의 얼굴이 연상되었다.

그런데 흑의인은 혼자가 아니라 동료가 있었다.

복도 모퉁이에서 그의 일행 두 명이 돌아 나왔다.

그들 역시 전신에 흑의를 걸치고 복면을 쓴 차림새였다.

흑의 차림에 복면을 썼지만 두 명의 외모는 하늘과 땅처럼 상반됐다.

하나는 키가 작고 해골처럼 말랐는데, 다른 자는 황각만큼은 아니더라도 키와 덩치가 컸다.

그중 빼빼 마른 자가 무명의 머리에 검은 자루를 씌웠다.

두꺼운 자루를 뒤집어쓰자 무명은 졸지에 장님 신세가 되었다.

그나마 자루가 큼지막해서 밑으로 공기가 통하는 것이 다행이었다.

이어서 덩치 큰 자가 무명을 번쩍 들어 어깨에 짊어졌다.

손가락 하나 꼼짝할 수 없는 무명은 짐짝처럼 그의 어깨에 걸쳐졌다.

둘은 한마디 대화도 하지 않았지만 행동에 전혀 군더더기가 없었다.

무명은 짐작할 수 있었다.

'흑의인 일당이 사람을 납치하는 건 이번이 처음이 아니군.'

하지만 왜 자신을 납치하는지는 도무지 알 수가 없었다.

단지 한 가지 사실만을 추측할 수 있었다.

머리에 자루를 씌운 것은 어디로 가는지 행선지를 모르게 하려는 것이다.

즉, 흑의인 일당은 무명을 죽일 생각이 없다는 뜻이었다.

무명은 자신의 처지가 한심했다.

손 한 번 못 쓰고 납치되었지만 당장 죽지는 않는다.

이걸 기뻐해야 되나, 슬퍼해야 되나?

흑의인 일당은 빠르게 계단을 내려갔다.

그리고 황금각을 나온 뒤 어디론가 달려갔다.

무명은 몸이 흔들리는 와중에 정신을 집중했다.

흑의인 일당이 움직이는 방향을 동서남북으로 가정해서 암기해 둘 생각이었다.

그때 흑의인 하나가 웃음을 흘리며 말했다.

"지루할 테니 잠이나 자두어라."

그는 먼저 무명을 점혈했던 자 같았다.

그가 재차 무명을 점혈했다.

이번에 흑의인이 점혈한 곳은 수혈(睡穴)이었다. 무명은 정신을 잃으며 잠에 빠지고 말았다.

얼마나 시간이 지났을까. 무명이 눈을 떴다.

눈앞이 칠흑처럼 어두웠다.

여전히 머리에 자루를 뒤집어쓰고 있었다.

흑의인 일당이 아직 본거지에 도착하지 않았다는 뜻이었다.

무명은 궁금했다. 지금 있는 위치는 어디일까? 시간은 얼마나 지났을까?

그러나 둘 중 무엇 하나 알 수 없었다.

또한 정신이 들었어도 몸은 아직 움직이지 않았다.

마혈을 점혈당한 부작용이 생각보다 큰 것 같았다.

그런데 몸이 위아래로 천천히 움직이고 있었다.

마차를 타고 있는 것 같았다.

하지만 무언가 이상했다.

마차를 탔다면 불규칙적으로 덜컹거려야 정상인데, 몸은 주기적으로 부드럽게 흔들리고 있는 것이었다.

순간 무명은 자신이 어디 있는지 알아차렸다.

'배를 탔군.'

그는 낭패한 심정이었다.

상황이 생각보다 심각했다.

중원은 평생을 다녀도 다 가보지 못할 만큼 드넓다.

만약 흑의인 일당이 황하를 따라 바다로 나간다면?

중원 천하 어디로 가는지 알 방법이 없어지는 것이었다.

그때였다.

끼이익. 문이 열리는 소리가 들렸다. 이어서 사람들이 안으로 들어왔다.

갑자기 무명은 막힌 구멍이 터지는 것처럼 몸의 마비가 풀렸다.

누군가가 무명의 점혈을 푼 것이었다.

"헉……."

코로만 얕게 호흡하고 있던 무명은 마비가 풀리자 숨을 토했다.

동시에 전신이 줄이 끊어진 인형처럼 축 늘어졌다.

오랜 시간 점혈되어 있던 바람에 기운이 빠져서 몸을 지탱할 수가 없었다.

누군가가 무명이 뒤집어쓰고 있는 자루를 벗겼다.

"크윽."

눈앞이 갑자기 밝아지자 무명은 눈이 부셔서 고개를 돌렸다.

곧 두 눈이 빛에 적응됐다.

지금 있는 곳은 사방은 물론 천장과 바닥이 나무로 된 방이었다.

아마도 배 내부의 선실인 것 같았다.

무명은 의자에 앉아 있었다.

앞에는 흑의인 십여 명이 반원을 그리며 포위한 채 무명을 내려다보고 있었다.

흑의, 흑건, 검은 복면.

모두 황금각에서 무명을 납치했던 삼인조와 같은 차림새였다.

무명은 생각했다.

'흑의와 복면을 쓰는 문파나 방파가 있었나?'

그런 문파에 대한 얘기나 소문은 들어본 적이 없었다.

무명은 눈앞의 흑의인들이 어떤 집단일지 궁금했다.

뜻밖에도 해답은 쉽게 알 수 있었다.

흑의인 중에서 수장처럼 보이는 자가 앞으로 나오며 자신들의 정체를 밝혔던 것이다.

그가 고개와 두 손을 하늘을 향하듯이 치켜들며 말했다.

"만련향이 천하에 가득하니, 시황를 따르는 자는 영생하리라!"

"만련천하(萬蓮天下)! 시황영생(始皇永生)!"

모든 흑의인이 두 손을 들며 뜻을 알 수 없는 수장의 주문을 재창했다.

무명의 눈썹이 꿈틀 일그러졌다.

'시황이라고?'

시황은 춘추전국시대를 종식하고 중원을 처음으로 통일한 진시황제를 일컫는 말이었다.

하지만 진시황제를 추종하는 집단이 있다는 얘기는 금시초문이었다.

진시황제는 천 년도 훨씬 더 된 과거의 인물이기 때문이다.

설마 진시황제를 추종하는 집단이 천 년 전부터 지금까지 이어져 왔다는 말인가?

의례가 끝나자 수장이 무명을 보며 말했다.

"우리는 만련영생교다."

만련영생교. 만련천하와 시황영생의 앞뒤를 따서 만든 말이었다.

무명이 물었다.

"나도 소개를 해야 하오?"

"그럴 필요 없다."

수장이 씨익 웃으며 말을 이었다.

"환관 장량에게 묻겠다. 망자비서는 어디에 있느냐?"

"……."

무명은 침음하며 생각했다. 결국 그런 얘기였군.

황궁에서는 무당삼검 청일이 망자비서를 노렸다.

정체 모를 그림자도 망자를 대동하고 와서 망자비서를 손에 넣으려 했다.

그런데 이제 황궁 밖에서도 망자비서를 노리는 집단이 어두운 손길을 뻗어온 것이었다.

무명이 말없이 있자, 수장이 재차 물었다.

"다시 묻겠다. 망자비서가 있는 곳의 위치가 어디냐?"

"망자비서의 위치라고?"

"그렇다."

무명은 그의 말에서 이상한 점을 발견했다.

수장은 무명을 환관 장량이라고 불렀다.

의인 일당, 만련영생교 측에 소식을 알린 자는 황궁에 잠행하고 있는 세작일 것이다.

즉, 만련영생교는 무명과 무림맹의 관계를 모르는 게 분명했다.

문제는 왜 망자비서의 위치를 묻는가였다.

만약 무명이 망자비서를 가졌다고 생각한다면, 그냥 내놓으라고 하면 되는 일 아닌가?

무명이 고개를 갸웃거리며 생각했다.

'혹시 청일이 서고의 책장을 가져갔다는 사실을 알고 있는 걸까?'

하지만 그 경우는 말이 안 됐다.

청일의 계략에 넘어가서 책장을 빼앗긴 무명에게 망자비서의 위치를 묻다니?

무명은 생각을 정리할 수 없었다.

모든 상황이 앞뒤가 맞지 않았다.

그때 머릿속에 좋은 생각이 스쳐 지나갔다.

무명이 수장에게 말했다.

"실은 지도가 있소."

"지도? 어디 있느냐?"

수장이 급하게 되물었다.

무명은 그의 눈빛을 놓치지 않았다.

망자비서 얘기는 쏙 빼놓은 채 지도의 존재만 언급했는데, 수장은 의아하다는 기색 없이 오히려 기다렸다는 듯한 눈빛을 했던 것이다.

"이것이오."

무명이 이중 주머니에 넣어둔 물건을 하나씩 꺼냈다.

그리고 옆에 있는 탁자 위에 올렸다.

서고의 지도가 찍힌 종이, 낡은 비녀, 인피면구에 싼 무림패.

무명이 종이를 집어 수장에게 건넸다.

종이를 펼쳐본 수장이 무명에게 물었다.

"이것은 어보가 아니냐?"

"자세히 보시오."

무명이 설명했다.

"그건 단순히 도장을 찍은 자국이 아니오. 종횡으로 연결된 빨간 줄은 복잡한 미로를 그려놓은 길이오. 게다가 중간에는 푸른 점이 찍혀 있소. 그곳에 망자비서가 있지 않겠소?"

"오오, 다시 보니 정말 그렇군."

수장의 두 눈이 기쁨으로 가득 찼다.

기뻐하는 자는 그만이 아니었다.

어깨너머로 지도를 보는 흑의인들의 두 눈에도 미소가 어려 있었다.

마치 오랫동안 찾아다닌 보물을 드디어 수중에 넣은 사람들 같았다.

그러나 무명의 두 눈은 더욱 차가워졌다.

'어느 곳의 지도인지는 왜 묻지 않는 거지?'

의문은 점점 더 커지고 있었다.

무명이 말했다.

"원하는 것을 주었으니 다른 물건은 다시 넣어도 되겠소?"

그러나 흑의인들은 지도에 정신이 팔려서 무명의 말은 신경 쓰지 않았다.

무명은 주섬주섬 물건을 집어 들었다.

그러다가 손이 헛도는 바람에 인피면구에 싼 무림패를 놓치고 말았다.

탱강! 무림패가 바닥에 떨어졌다.

무명은 낭패한 얼굴로 재빨리 무림패를 집어서 품에 넣

었다.

하지만 그의 눈은 흑의인 한 명, 한 명을 유심히 훑고 있었다.

그리고 발견했다.

흑의인 무리 중 가장자리에 있는 한 명이 두 눈을 반짝 빛냈던 것이다.

'바로 당신이었군.'

무명은 짐짓 태연함을 가장하며 흑의인을 살폈다.

흑의인은 다른 자들과 구분이 불가능했다.

복면 밖으로 두 눈만 드러낸 채 전신에 흑의를 걸치고 있으니, 당연한 일이었다.

그런데 단 한 군데, 다른 점이 있었다.

그는 신발 뒤축을 접어서 신고 있었던 것이다.

무명은 속으로 냉소를 흘렸다.

'모든 게 당신의 소행이었군.'

증거는 확실했다. 그는 흑의인의 정체를 알아차렸다.

그때였다. 수장이 종이를 둘둘 말아서 수하에게 넘긴 다음 말했다.

"순순히 지도를 내놓은 점이 참으로 가상하다. 해서 상을 내리도록 하겠다."

무명은 뜬금이 없었다. 상? 갑자기 무슨 상을 내리겠다는 말인가?

"그럼 목숨은 살려주겠다는 말이오?"

"아니다."

수장이 고개를 저었다.

이어지는 그의 말은 전혀 생각지도 못한 것이었다.

"너에게 영생을 주마."

"영생?"

"그렇다. 너를 불로불사의 몸으로 만들어서 영생을 누리게 해주마. 이 자리에서 만련영생교의 신도가 되어라. 이는 평신도가 쉽게 받을 수 없는 특별한 혜택이다."

"……."

무명은 할 말이 없어서 침음했다.

소림사나 무당파 같은 명문정파는 자기가 들어가고 싶다고 해서 마음대로 입문할 수 없다.

하지만 사이비 종교 집단은 달랐다. 그들은 세를 넓히기 위해 수단과 방법을 가리지 않았다.

영생을 약속하며 포교하는 수장의 행동은 강호에서 흔히 볼 수 있는 것이었다.

무명은 생각했다.

'이대로 배를 타고 이들의 본거지로 가게 된다면?'

목숨을 부지하기 위해 억지로 만련영생교의 신도가 되어야 할 것이다.

그러면 영영 그곳에서 빠져나올 수 없을지도 모른다.

혹의인들이 손을 들며 주문을 열창했다.

"만련천하! 시황영생! 만련천하! 시황영생! 만련……"

그들은 무명의 결심을 재촉하는 듯 멈추지 않고 거듭 주문을 반복했다.

"어떠냐? 신도가 되겠느냐?"

"……."

무명은 뭐라고 대답해야 될지 몰라 고민했다.

고개를 끄덕인다면 이들의 영원한 노예가 될 것이다.

그러나 고개를 젓는다면 기다리는 것은 죽음뿐이리라.

그때 무명의 눈에 괴이한 모습이 들어왔다.

혹의인 수장의 목에 빙 둘러서 흉터가 있었던 것이다.

무명은 등골이 오싹했다. 문득 망자인 걸 속이고 있던 구자개가 친우 호일평을 두고 한 말이 떠올랐다.

'그것은 한 번 잘린 목을 다시 붙인 자국이었소.'

혹의인 수장의 목에는 둥글게 흉터가 나 있었다.

무명은 소름이 끼쳤다.

'잘린 목을 다시 붙인 자국인가?'

그 말은 눈앞에 있는 수장이 망자라는 뜻이었다.

그렇다면 만련영생교의 비밀도 해석이 가능했다.

망자는 되살아난 시체이니 다시 죽을 일이 없다.

즉 만련영생교는 불로불사하는 망자가 되어서 영생을 누리겠다는 집단인 것이었다.

무명은 침을 꿀꺽 삼켰다.

정체불명의 집단에게 납치되었으니 고문을 받거나 살해당하는 것은 당연한 결과일지 모른다.

하지만 설마 망자가 되리라고는 꿈에도 생각하지 못했던 것이다.

그런데 수장의 흉터는 어딘가 이상했다.

'잠깐만. 저건 혹시……'

무명은 생각에 잠긴 척 가장하며 슬쩍 수장의 목뒤를 살폈다.

다시 보자, 수장의 흉터는 목 전체를 빙 둘러서 난 게 아니었다.

흉터는 목 앞쪽에 곡선을 그리며 이어지다가 귀밑 부근에서 끝났다.

게다가 깊게 파인 뒤 아문 게 아니라 단지 실금만 나 있었다.

그게 뜻하는 것은 하나였다.

수장의 목은 잘린 뒤 다시 붙인 것이 아니라 검을 써서 금을 그어놓은 것이었다.

'일부러 목에 검흔을 만들었다고? 대체 왜?'

무명은 이유를 알 수 없었다.

수장이 옆을 향해 손을 내밀었다.

흑의인 하나가 소매에서 단도를 꺼내서 건넸다.

단도를 건네받은 수장이 무명을 보며 말했다.

"신도가 될 결심이 섰느냐?"

"아니. 거절하겠소."

무명은 고개를 저으며 대답했다.

수장이 의아하다는 눈빛으로 물었다.

"불로불사의 몸으로 영생을 누리는 게 싫단 말이냐?"

"그렇소. 싫소."

"어리석군. 자신이 무슨 말을 하는지 깨닫지 못하는 자다."

"만련천하! 시황영생!"

수장이 혀를 차자, 수하 흑의인들이 주문을 재창했다.

수장이 말을 이었다.

"만련영생교는 중원에 퍼져 온 세상을 지배할 것이다. 그때가 오면 너도 결국 신도가 되어 영생을 누릴 것이다. 예외는 없다."

"사람은 모두 때가 되면 죽는 법이오. 예외는 없소."

"더 들을 가치도 없군."

수장이 눈짓으로 신호했다.

그러자 흑의인 두 명이 앞으로 나서더니 양옆에서 무명의 팔을 붙잡았다.

무명은 반항하려 했지만 점혈에서 풀린 지 얼마 안 돼서 몸에 힘이 없었다.

흑의인이 무명의 턱을 붙잡고 고개를 치켜들게 했다.

"만련천하! 시황영생!"

수장이 무명의 목에 단도를 갖다 댔다.

그때였다.

선실 문이 열리며 흑의인 하나가 다급히 뛰어 들어왔다.

수장이 고개를 홱 돌리며 말했다.

"무슨 일이냐? 감히 신성한 기도를 방해하다니!"

"광명사자님, 큰일 났습니다! 불신자들이 쳐들어왔습니다!"

"불신자들?"

수장의 눈빛이 달라졌다. 그들은 만련영생교의 신도가 아닌 자를 싸잡아서 불신자라고 부르는 것 같았다.

"주문을 외우고 불신자를 처리하라!"

"네! 만련천하! 시황……."

그러나 흑의인은 주문을 끝까지 외우지 못했다.

퍽!

누군가가 뒤에서 흑의인을 걷어찼다.

그는 비명도 지르지 못한 채 기절하며 쓰러졌다.

흑의인이 쓰러진 뒤에서 그림자 하나가 모습을 드러냈다.

"서생 놈 명줄 한번 끈질기구나, 후후후."

"당신과 나의 악연도 끈질긴 것 같소."

무명이 대답했다. 그림자는 다름 아닌 이강이었다.

수장이 검지를 들어 삿대질을 했다.

"네놈! 여기가 어디인 줄 알고 감히 행패를 부리는 것이냐?"

"어디긴? 세상에서 자기만 옳은 줄 아는 모지리들이 한데 모여서 애먼 서생 놈 붙잡아놓고 행패를 부리는 곳이지."

"네놈……."

수장이 몸을 부들부들 떨며 분노하다가 소리쳤다.

"저 불신자는 개선의 여지가 없다! 살계를 열어라!"

"어라, 어떻게 알지? 내가 개선의 여지가 없는 강호제일악인이라는 걸? 크크크!"

이강이 킬킬대며 비꼬았다.

수장의 말이 떨어지자 흑의인 무리가 두 손을 합장하며 빠르게 중얼거렸다.

동시에 두 손을 공중에 치켜들고 이상한 문자를 그렸다.

"만련천하! 시황영생! 만련을 받으면 죽어도 죽은 목숨이 아니니, 시황께서 우리를 지켜주실 것이다!"

주문을 끝낸 흑의인들이 이강을 향해 달려들었다.

"시황께서 명하셨다! 불신자는 죽어라!"

"스승 말도 듣기 싫은 판에 시황이든 개나발이든 알 게 뭐냐?"

이강이 코웃음을 쳤다.

스윽. 흑의인들이 제각각 옷소매에서 단도를 뽑아 들었다.

단도는 녹이 슨 것은 아니지만 날 부분이 시커멓게 변색되어 있었다.

흑의인 하나가 달려들어 이강의 가슴에 단도를 꽂으려 했다.

"죽어랏!"

무작정 일직선으로 뛰어드는 흑의인.

무공을 아는 자의 움직임이 아니었다.

절정고수인 이강이 그의 단도에 당할 리가 없었다.

단도가 코앞에 날아드는 찰나, 이강이 비스듬히 물러나며 몸을 돌렸다.

동시에 흑의인의 발목에 슬쩍 발을 갖다 댔다.

턱! 흑의인이 허공에 붕 떠올랐다.

"으아아악!"

흑의인의 몸은 공중에서 백팔십도로 빙글 돌더니 선실 구석으로 날아가 처박혔다.

우당탕!

그런데 흑의인의 반응이 이상했다.

"커헉!"

그는 단도를 떨어뜨리더니 두 손으로 목을 움켜쥔 채 바닥을 데굴데굴 굴렀다.

이강이 냉랭한 목소리로 말했다.

"단도에 독을 묻혔군."

단도의 날이 시커먼 색을 띤 것은 변색된 게 아니라 독을 묻혀서였다.

무공을 모르는 흑의인은 공중에서 떨어지다가 자신이 쥔 단도에 목을 베였다.

그 바람에 독이 몸에 퍼졌던 것이다.

"끄어어어어······."

흑의인은 신음을 지르며 이리저리 날뛰었다.

하지만 곧 발광은 잠잠해졌다.

목을 베인 상처는 얕았으나, 독은 차 한 모금 삼킬 시간에 목숨을 빼앗아 갈 만큼 치명적이었던 것이다.

그러나 다른 흑의인들은 동료의 죽음을 전혀 신경 쓰지 않는 얼굴이었다.

"만련천하! 시황영생!"

흑의인들이 단도를 들고 일제히 달려들었다.

그들의 눈빛에 담긴 뜻은 분명했다.

단도를 써서 불신자의 몸에 작은 생채기만 내도 된다.

피부에 스치기만 해도 혈관을 파고드는 극독이 그의 목숨을 앗아가리라.

이강이 그들의 머릿속 생각을 모를 리 없었다.

그의 표정이 싸늘하게 변했다.

"멍청한 놈들이 끈질기다더니."

흑의인들이 코앞으로 닥치는 순간, 이강이 선실 옆에 있는 무언가를 툭 발로 찼다.

그것은 배에서 쓰는 굵은 밧줄이었다.

밧줄이 공중에 떠올랐다.

이강이 그 끝을 잡더니 팔을 갈 지(之) 자 모양으로 휘저으며 기합을 토했다.

"하앗!"

휘리리릭!

밧줄이 공중에서 뱀처럼 똬리를 틀며 소용돌이를 그렸다.

이강이 팔을 가로로 펼치며 밧줄을 휘둘렀다.

그러자 허공을 맴돌던 밧줄이 곧게 펴지며 흑의인들에게 날아갔다.

회전하던 원심력이 밧줄의 끝에 집중된 것이다.

퍼억! 밧줄이 흑의인 한 명의 가슴을 박살 냈다.

"크억!"

흑의인은 비명을 토하는 순간 이미 절명했다.

밧줄은 거기서 멈추지 않고 계속해서 옆에 있는 흑의인 세 명을 연달아 후려쳤다.

퍼퍼퍽!

"크아아악!"

세 흑의인이 차례대로 비명을 지르며 쓰러졌다.

마치 권격 일 초식으로 네 명을 한 번에 쓰러뜨린 듯한 장면.

그러나 흑의인들은 조금도 동요하지 않았다.

네 명의 동료가 졸지에 저승길로 떠났지만, 그들은 물러서지 않고 이강을 향해 달려들었다.

"만련천하! 시황영생!"

이강이 손목을 빙글 돌리며 밧줄을 회수했다.

그러더니 갑자기 팔을 앞으로 쭉 뻗으며 밧줄을 던졌다.

슈우웃!

둥글게 곡선을 그리던 밧줄이 갑자기 일직선으로 꼿꼿하게 섰다.

이강이 내력을 쏟아내어 밧줄을 마치 소림사의 장봉처럼 만든 것이었다.

퍽! 밧줄이 흑의인 한 명의 가슴을 뚫고 지나갔다.

이번 희생자는 비명조차 토하지 못한 채 숨이 끊어졌다.

계속해서 이강은 밧줄을 뽑더니, 머리 위로 치켜들어서 옆에서 달려드는 흑의인의 머리를 갈겼다.

푹! 흑의인의 양 어깨뼈가 박살 나면서 머리가 아래로 꺼졌다.

그때 이강의 뒤로 흑의인 하나가 단도를 찌르며 달려들었다.

무명이 소리쳤다.

"조심……."

그러나 이강의 출수는 흑의인보다도, 또 무명의 경고보다도 빨랐다.

그가 손목을 회전하며 몸을 돌렸다.

그러자 밧줄은 생명이 있는 것처럼 꿈틀대며 공중으로 튀어 올랐다.

그리고 큰 반원을 그리며 흑의인에게 날아가더니 그의 목을 칭칭 감았다.

"꺼져라!"

이강이 팔을 휙 튕겼다.

밧줄이 흑의인의 목을 감아서 동료들을 향해 던져 버렸다.

부웅! 허공에서 사지를 대(大)자 모양으로 뻗으며 날아간 흑의인은 동료들 수 명에게 부딪히며 바닥에 널브러졌다.

무명은 이강의 활약을 경악하며 지켜봤다.

이강의 무위는 익히 잘 알고 있었다.

하지만 지금 보여준 장면은 그야말로 절정고수의 수법에 손색이 없는 것이었다.

밧줄에 내력을 넣어서 자유자재로 적을 처치하는 이강.

이강의 손에서는 부드러운 밧줄이 강맹한 소림사의 장봉이 되는가 하면, 황보세가(皇甫世家)의 패도적인 철퇴가 되었다가, 초식이 변화무쌍한 철편으로 탈바꿈했다.

그의 내공 수위가 어느 정도일지 가늠이 되지 않았다.

그런 이강에게 무공을 모르는 만련영생교의 흑의인들은 상대가 되지 않았다.

사자에게는 원숭이의 숫자가 아무리 많은들 먹이에 불과한 것이다.

이강이 손목을 빙그르르 돌리자, 밧줄이 그의 팔목에 꽈배기처럼 둘둘 감겼다.

그가 싸늘한 목소리로 말했다.

"다음은 누구냐? 누가 더 일찍 죽고 싶으냐?"

"……."

흑의인들은 침을 꿀꺽 삼킬 뿐, 더 이상 달려들지도 주문을 외우지도 않았다.

그들은 이강을 향한 채 둥글게 모여서 선실 구석으로 후퇴했다.

이강이 그들의 생각을 읽었는지 말했다.

"몽땅 죽을 각오를 했군. 좋다, 내 손수 너희들을 장례시켜 주마. 크크크!"

하지만 그가 깨닫지 못한 사실이 있었다.

무명이 소리쳤다.

"저들 수장이 도망치고 있소! 배 밑에 구멍이 있단 말이오!"

"뭣이?"

흑의인 무리가 죽을 결심을 한 것은 사실이었다.

그러나 그들이 이강에게 무작정 덤벼든 것은 단지 그를 죽이기 위해서만이 아니었다.

그들은 무리의 수장, 즉 만련영생교의 광명사자가 피신할 동안 시간을 벌고자 했던 것이다.

이강은 흑의인 무리에게서 결전의 각오를 읽었다.

하지만 두 눈이 없는 바람에 광명사자가 도망치는 것은 미처 깨닫지 못했다.

이강이 그들을 향해 몸을 날렸다.

"비켜라!"

그가 인정사정없이 밧줄을 휘둘렀다.

퍼퍼퍼퍽!

흑의인들이 밧줄에 맞아 좌우로 넘어갔다.

목숨을 건 포위망은 절정고수의 일 초식에 단번에 파훼됐다.

그러나 광명사자의 모습은 그곳에 없었다.

선실 바닥에 어른 한 명이 통과할 만한 작은 구멍이 있었다.

광명사자와 지위가 높은 몇 명은 이미 구멍을 통과해 선실을 빠져나간 뒤였다.

"쥐새끼 같은 놈들!"

이강이 흑의인들을 사정없이 후려 패고 있을 때, 무명이 깨진 포위망의 틈을 뚫고 구멍으로 달려갔다.

그리고 구멍 속을 향해 몸을 날렸다.

쿵. 무명은 바닥에 발을 딛고 착지했다.

선실 아래는 배의 맨 밑부분에 있는 창고였다.

창고는 불빛이 없고 먼지가 자욱해서 앞을 분간하기 힘들었다.

그런데 일 장 앞에 흐릿하게 빛줄기가 보였다.

물이 차오르지 않는 높이에 큼지막한 문이 붙어 있었던 것이다.

무명은 문으로 다가가 밖을 향해 고개를 내밀었다.

한발 늦었다.

광명사자와 흑의인 무리는 배에 붙어 있던 작은 쪽배에 옮겨 탄 뒤 이미 어둠 속으로 사라지고 있었다.

그때 광명사자가 무명 쪽을 향해 고개를 돌렸다.

무명은 마치 이강이 된 것처럼 광명사자의 머릿속 생각이 들리는 듯했다.

'아직 끝나지 않았다. 중원 천하는 만련영생교의 권능을 피할 수 없을 것이다!'

무명은 구멍을 통해 다시 선실로 올라왔다.

선실에 남은 흑의인 잔당은 이강의 손에 죽거나 중상을 입고 쓰러져 있었다.

무공을 모르면서 헛된 믿음에 의지하는 흑의인 무리.

반면 명문정파도 무공 수위만큼은 인정하는 절정고수 이강.

　둘의 승부는 누가 봐도 뻔했다.

　이강이 무명의 생각을 읽고 말했다.

　"놈들의 수장은 놓쳐 버렸군."

　"그렇소."

　"후후후, 광명사자라고?"

　이강이 쓰러져 있는 흑의인을 짐짝처럼 발로 툭툭 차며 중얼거렸다.

　"이놈들 하는 꼴이 명문정파를 쏙 빼닮았군."

　"명문정파? 이들은 단지 사이비 종교인들일 뿐이오. 명문정파와는 비교할 수 없소."

　무명은 그의 말에 찬성할 수 없었다.

　그러자 이강이 차갑게 냉소했다.

　"네놈도 참 순진하구나. 장문인, 방주, 장로, 사자 등등. 이런 놈들은 꼭대기부터 밑바닥까지 서열을 만들어야 직성이 풀린다. 그리고 웃대가리는 밑의 놈들을 희생양으로 삼아서 자기 몸 지키기에 급급하지."

　"명문정파는 장문인도 자신을 희생하오."

　"금시초문인데? 뭘 위해서?"

　"세간의 법도를 지키기 위해서요."

　"크하하하하! 법도? 그것 참 오랜만에 듣는 개소리로

구나!"

이강은 한참 동안 광소를 터뜨렸다. 그러다가 이내 싸늘한 얼굴로 돌아와서 말했다.

"놈들은 그저 자신의 알량한 믿음을 위한답시고 스스로를 자해하는 것뿐이다. 왜냐고? 자기는 몸을 다치면서까지 신념을 지킨다는 것을 위안 삼고 싶어서지."

"궤변이오."

"하아, 네놈도 실은 돌대가리였냐?"

무명은 이강이 명문정파에 대한 뿌리 깊은 증오심 때문에 그들을 폄하한다고 생각했다.

그런데 이어지는 이강의 말은 뜻밖이었다.

"그럼 광명사자란 놈은 왜 일부러 목에다 검을 그었을까?"

"……!"

"놈은 아마 이런 생각으로 목을 그었을 거다. '나는 이렇게까지 해서 신념을 따른다. 그러니 내 신념은 옳다'. 말해봐라. 그놈이 명문정파랑 다른 게 뭐냐?"

무명은 대답하지 못하고 침음했다.

광명사자라는 자는 무명의 목에 검흔을 내려고 했다.

아마도 만련영생교의 입단 과정이리라.

신도가 되기를 거부한 무명을 보고 그는 어리석다고 평했다.

자신의 신념만이 옳다고 여겼던 것이다.

무명은 이강의 논리에 반박할 말을 찾을 수 없었다.

할 말이 궁해진 그는 시선을 돌렸다. 그러다가 바닥에 쓰러진 흑의인을 봤다.

유심히 살피지 않으면 모르고 지나칠 만큼 희미했지만, 그자 역시 광명사자처럼 목에 기다란 검흔이 나 있었다.

흑의인은 자신이 원해서 검을 그었을까?

아니면 무명처럼 강제로 교단에 들어갔을까?

만련영생교는 무엇인가?

그들은 왜 망자비서를 노리고 있는 것인가?

모든 것이 수수께끼였다.

단지 한 가지 사실만은 분명했다.

목에 일부러 검흔을 만드는 의식.

그것은 아마도 망자 숭배와 관련이 있는 것 같았다.

무명은 생각했다.

'만련영생교. 그들의 조직과 배후를 조사해 볼 필요가 있다.'

무명과 이강은 선실을 나와 갑판으로 올라갔다.

갑판에는 세 인영이 모여서 무명과 이강을 기다리고 있었다.

그들은 다름 아닌 장청, 당호, 송연화였다.

장청이 말했다.

"배는 흑의인 무리가 빌린 것이오. 선장과 선원은 그들과 관계가 없는 것 같소. 또 배에 남은 잔당도 없는 듯하오."

세 명과 이강은 배에 오른 뒤 헤어져서 무명을 찾았다.

그중에서 벽 너머로 흑의인 생각을 엿들은 이강이 가장 먼저 무명을 발견했던 것이다.

당호가 무명에게 말했다.

"무사하셨군요. 다행입니다."

"모두 당신들 덕분이오."

"큰일 날 뻔했습니다. 차 한 잔 마실 시간만 지났어도 배를 찾지 못했을 겁니다."

당호가 안도의 한숨을 쉬었다.

그러다가 어이가 없다는 얼굴로 물었다.

"대체 추흔약(追痕藥)을 그렇게 사용할 생각은 어떻게 하신 겁니까?"

"그 가루 이름이 추흔약이오?"

"네. 흔적을 추적한다는 뜻이죠."

"그리 대단할 것은 없소."

무명이 담담한 얼굴로 설명했다.

"흑의인에게 점혈당했을 때, 가루가 든 봉투를 찢고 바짓가랑이에 넣었소."

"가랑이라고요?"

"그렇소."

황금각의 복도에서 흑의인에게 암습을 당했을 때였다.

무명은 흑의인이 검지를 뻗는 순간, 자신이 꼼짝없이 당할 것이라고 예측했다.

때문에 임기응변의 계책을 떠올리고 실행했다.

당호에게 받았던 가루 봉투, 추혼약을 사용하자는 생각이었다.

무명은 품속에서 가루가 든 봉투를 꺼냈다.

동시에 손가락을 놀려서 봉투의 끝자락을 찢어 구멍을 냈다.

그리고 봉투를 바짓가랑이 사이로 밀어 넣었다.

이어서 그는 이강을 향해 전음을 보냈다.

흑의인이 마혈을 점혈하는 바람에 혀가 굳어서 제대로 설명하지 못했다.

그러나 한마디만은 똑똑하게 말할 수 있었다.

무명이 보낸 전음은 다음과 같았다.

[송연화에게 물으시오.]

청일에게 납치되었을 때, 송연화는 무명의 신발에 묻혀둔 가루의 흔적을 따라 객잔까지 찾아왔다.

즉 송연화에게 물으라는 말은, 그녀가 무명을 추적했던 방법을 다시 떠올릴 거라는 생각에서 보낸 전음이었던 것이다.

무명의 도박은 성공했다.

황금각에서 무명을 잃어버리고 돌아온 이강은 즉시 송연화를 찾았다.

자초지종을 설명하자, 그녀는 금세 사정을 알아차리고 당호에게 말했다.

"무명에게 그 시약을 주었나요?"

"네. 그런데요?"

"그가 잡혀가기 전에 가루를 뿌린 게 틀림없어요."

이강, 장청, 당호, 송연화 넷은 황금각으로 가서 액체를 뿌리며 흔적을 찾았다.

흔적은 금방 나왔다.

복도 뒤쪽에 있는 계단이 점점이 반짝거리며 빛을 발했던 것이다.

네 명은 계단을 따라 황금각을 나섰다.

그리고 무명이 남긴 자취를 따라갔다.

무명은 덩치 큰 흑의인의 어깨에 짊어져 있었다.

수혈을 점혈당한 그는 정신을 잃은 지 오래였다.

그러나 흑의인이 걸음을 옮길 때마다 무명의 몸이 위아래로 흔들렸다.

때문에 가랑이에 있는 봉투에서 가루가 끊임없이 새어나왔다.

가루는 바지 아랫단으로 흘러내려서 땅에 떨어졌다.

마치 일정한 간격마다 땅에 점을 찍듯이.

때문에 이강과 창천칠조는 어렵지 않게 자취를 따라잡을 수 있었다.

자취가 이어진 곳은 강나루의 선착장이었다.

그들은 한 시진 전에 황급히 선착장을 떠난 배가 있다는 정보를 알아냈다.

남은 것은 속도 싸움이었다.

작은 쾌속선을 타고 강 하류를 내려간 그들은 다행히 흑의인 무리가 탄 배를 따라잡을 수 있었다.

그들은 배를 멈추게 하고 뛰어올랐다.

당호가 액체를 뿌리자, 배의 곳곳이 반짝 빛났다.

제대로 찾은 것이었다.

이후 이강과 창천칠조는 선실을 뒤져서 무명을 구했던 것이다.

이강에게 얘기를 듣고 재빠르게 행동한 창천칠조의 작전 수행 능력은 흠잡을 데 없었다.

그러나 그들은 자신들이 무명을 구했다는 느낌이 별로 들지 않았다.

무명의 계책이 그야말로 신기에 가까웠기 때문이다.

당호가 말했다.

"어떻게 바짓가랑이에 봉투를 넣을 생각을 하셨죠? 점혈을 당했는데 몸이 흔들리면서 저절로 가루가 떨어지게 만드는 방법이라니, 기가 막히는군요."

"과찬이오."

무명이 겸양하며 말했다.

하지만 장청과 송연화도 당호의 말에 수긍하며 고개를 끄덕였다.

그들은 객잔 사투에서 무명의 임기응변을 이미 경험했다.

그런데 지금 다시 한번 그의 심계가 뛰어나다는 것을 목격한 것이다.

무명을 보는 창천칠조의 눈빛은 예전과 크게 달라져 있었다.

그때 이강이 끼어들며 말했다.

"흑의인 놈들이 남색을 안 하는 게 천만다행이군. 놈들이 바지를 벗겼다면, 모든 심계가 헛수고가 되었을 것 아니냐?"

당호가 한마디 했다.

"분위기 망치는 데 뭐 있으시군요."

"칭찬 고맙다, 크크크."

창천칠조 셋은 이강의 저질 농담에 눈살을 찌푸렸다.

그러나 무명은 이강의 말이 의미심장하게 들렸다.

만약 흑의인이 가루 흔적을 눈치채고 바지를 벗겼다면, 무명이 환관으로 가장하고 있는 사실이 발각되었을 것이다.

무명은 그제야 큰 위기를 벗어났다는 것을 깨닫고 안도했다.

그는 이강에게 슬쩍 전음을 보냈다.

[중요한 일을 알려줘서 고맙소.]

[네놈은 역시 말이 통하는군. 조심해라. 양물이 멀쩡하다는 게 들통나면 곤란하지 않냐?]

[그곳 사정은 내가 알아서 할 테니 신경 끄시오.]

[후후후, 알았다.]

그때 얼굴에 주름살이 많고 추레한 차림의 남자가 소리쳤다.

"여, 여기 좀 와보시오!"

그는 배의 선장인 것 같았다.

그가 갑판 아래의 선실을 가리켰다.

"저기 있는 자들이 모두 죽었소!"

"……!"

무명 일행은 깜짝 놀라 서로를 돌아봤다.

그리고 서둘러 갑판을 내려가서 선실로 향했다.

선장의 말은 사실이었다.

선실에 있는 흑의인 일당이 모두 입에서 피를 토한 채 절명해 있었던 것이다.

당호가 품에서 장갑을 꺼내 낀 다음 흑의인 하나의 입을 벌렸다.

그의 입에서 고약한 냄새와 함께 푸르스름한 침이 흘러나왔다.

당호가 고개를 들며 말했다.

"독을 삼켰군요. 어금니 사이에 물고 다니던 독을 깨물었습니다."

"자결을 해서 비밀을 지키려 하다니, 독한 자들이군요."

송연화가 고개를 저으며 중얼거렸다.

흑의인 무리는 이강의 손에 절반 이상 불귀의 객이 되었다.

하지만 나머지는 중상을 입은 채 목숨은 부지하고 있었다.

창천칠조는 그들을 심문하려던 생각이었다.

그런데 살아남은 자들이 스스로 독을 삼키고 목숨을 끊은 것이었다.

이강이 싸늘한 목소리로 말했다.

"알량한 신념을 따른다며 자위하는 놈들답군."

그러더니 무명을 보며 물었다.

"어떠냐? 이래도 놈들을 두둔할 거냐? 사람 목숨보다 믿음이 중요하냐?"

"……"

무명은 말문이 막혔다.

만련영생교의 믿음은 잘못된 것이라고 말하고 싶었다.

그러나 이강이 재차 그들과 명문정파의 다른 점을 묻는다면 대답할 말이 궁했다.

장청이 물었다.

"이들이 당신을 납치한 이유가 무엇이오?"

무명은 다시 한번 대답이 궁해졌다.

제갈성은 망자비서에 대한 정보를 아는 사람이 적을수록 좋다고 했다.

그렇다고 목숨을 구해준 자들에게 사실을 숨길 수도 없었다.

무명이 말했다.

"이들이 내게서 지도를 빼앗아 갔소."

"지도? 무슨 지도 말이오?"

"그건 말할 수 없소. 무림맹주님의 뜻이오."

무명이 무림맹주를 언급하자, 장청도 더 캐묻지 않았다.

당호가 불만스러운 얼굴로 어깨를 으쓱하며 말했다.

"항상 그렇죠. 맹주님도 부맹주님도 언제 한번 시원하게 얘기해 주신 적이 있었답니까."

무명은 고개를 돌려서 장청과 당호의 시선을 피했다.

송연화도 무명의 심정을 아는지 망자비서의 존재를 언급하지 않았다.

장청이 선장에게 배를 돌리게 했다.

배는 다시 선착장으로 향했다.

무명은 배 앞머리에 서서 강을 바라봤다.

그가 만련영생교에게 납치된 것은 이미 해시(亥時)가 지났을 때였다.

배는 어두컴컴한 강물을 좌우로 헤치고 나아갔다.

한밤중의 강은 을씨년스럽기만 했다.

그때 이강이 옆으로 다가왔다. 무명이 물었다.

"난쟁이의 행방은 어찌 되었소?"

"놓쳤다."

"그랬군."

무명이 흑의인 일당에게 납치되었을 때, 난쟁이는 틈을 타서 도망쳐 버린 것이었다.

이강을 탓할 수는 없었다.

그는 언제 달려들지 모르는 황룡방 무사들과 신경전을 벌이는 중이었으니까.

이번에는 이강이 물었다.

"난쟁이를 놓쳤으니, 이매망량 일은 포기할 셈이냐?"

"아직 방법이 남아 있소."

"무엇이냐?"

"난쟁이는 금위군 총대장인 청일이 직접, 또는 부하를 통해 부른 자요. 청일은 죽었지만, 그의 옛 부하 중에 난쟁이의 소재를 아는 자가 있을 것이오."

"그렇군, 후후후."

이강이 이해된다는 듯 고개를 끄덕였다.

무명은 생각했다.

'황궁에 돌아가면 청일의 손길이 닿았던 곳을 철저히 조사하자. 거기에 난쟁이의 행방을 찾을 실마리가 있을 것이다.'

  그러나 황궁으로 돌아간 무명의 앞에는 꿈에도 생각하지 못한 일이 기다리고 있었다.

5장.

계속되는 기사(奇事)

　무명은 창천칠조의 호위를 받으며 도성으로 돌아왔다.

　황금각에서 무명을 납치한 만련영생교. 그들의 수장인 광명사자는 무명에게서 황궁 서고의 길이 표시된 지도를 빼앗아 갔다.

　그러나 서고의 책장은 누군가의 수중에 넘어간 상태다.

　또한 무명은 머릿속에 지도를 고스란히 암기하고 있었다.

　때문에 그는 조금도 아쉬울 게 없었다.

　오히려 뜻밖의 정보를 얻은 것은 무명이었다.

　'정체 모를 세력들이 나를, 아니, 환관 장량을 노리고 있다.'

자신과 청일이 서고의 책장을 놓고 벌인 암투가 이미 강호
에 소문이 퍼졌다는 뜻이었다.

무명은 궁금했다.

'대체 어떤 세력이 나를 노리고 있는 걸까?'

만련영생교의 정체와 배후를 조사하는 게 시급했다.

문득 이상한 점이 떠올랐다.

광명사자는 무명에게서 지도를 얻었을 때, 어느 곳의 위치
가 그려진 지도인지 묻지 않았다.

그가 지도를 황궁 서고의 것이라고 생각한다면 문제는 없
었다.

책장은 이미 바꿔치기되어 있으니까.

하지만 그게 아니라 다른 곳의 지도라고 여겼다면?

'만련영생교는 어디의 지도를 원했던 것일까?'

지도가 수중에 들어오자 무작정 기뻐하던 광명사자.

그들이 어느 곳의 지도라고 생각했을지 전혀 알 수 없었
다.

무명은 이강이 좀 더 일찍 오지 못한 게 아쉬웠다.

'필요할 때는 자리에 없는 자군.'

광명사자가 도망치기 전에 이강이 왔다면 그의 머릿속 생각
을 읽을 수 있었을 것이다.

뒤늦은 후회였다.

무명은 고개를 저으며 상념을 떨쳤다.

도성에 도착하자, 어느새 해가 밝아오고 있었다.

장청이 헤어지기 전에 말했다.

"우리는 도성 안의 삼평객잔이란 곳에 묵고 있소. 혹시 일이 생기거든 그쪽으로 기별을 하시오."

"알겠소."

일행은 둘로 나뉘어서 각자의 길을 갔다.

장청, 당호, 이강은 삼평객잔으로, 무명과 송연화는 황궁으로 향했다.

무명과 송연화는 일부러 흩어져서 황궁에 들어갔다.

괜히 누군가의 눈에 보여서 좋을 게 없었기 때문이다.

무명이 처소에 돌아왔을 때는 아침을 먹을 시간이 되어 있었다.

마침 소행자가 세숫물과 식사를 가지고 왔다.

하지만 무명은 끼니를 채울 생각이 별로 들지 않았다.

오히려 술 한잔이 고팠다.

그가 말했다.

"가서 백건아를 한 병 갖고 오너라."

"반주를 하실 겁니까? 그럼 백건아보다 좋은 술이 많습니다."

"식사는 됐다. 그냥 백건아나 갖고 와라."

"알겠습니다."

아침부터 술을 마시겠다는 말이 이상한지 소행자가 고개를 갸웃거리며 대답했다.

소행자가 막 처소를 나가려고 할 때, 무명이 한마디 명을
덧붙였다.

"그리고 동파육이 있으면 안주를 하게 갖고 와라."

"동파육 말씀입니까?"

"그래."

아침부터 독한 술에 기름진 안주를 주문하는 무명.

소행자의 얼굴에 영문을 모르겠다는 표정이 그대로 드러났
다.

"그럼 다녀오겠습니다."

소행자가 휑하니 처소를 나섰다.

무명은 침상에 사지를 뻗고 대자로 누웠다.

어제부터 한잠도 자지 못해서 피곤했다.

흑의인에게 수혈을 점혈당해서 잠이 들기는 했다.

하지만 그건 혼절했다고 해야 맞지, 편하게 숙면을 취했다
고는 절대 말할 수 없었다.

게다가 오랜 시간 덩치 큰 흑의인의 어깨에 짊어져 있던 게
원인인지, 몸 구석구석이 쑤시고 담이 결렸다.

무명은 몸을 일으켜서 가부좌를 틀고 앉았다.

그리고 심호흡을 시작했다.

순간 이상한 일이 몸 내부에서 일어났다.

운기조식을 시작하자 전신의 혈맥에서 뜨거운 기운이 용솟

음쳤던 것이다.

'뭐지?'

문득 떠오르는 생각이 있었다.

무명은 황룡방주 황각의 장법에 대항하다가 엉겁결에 두 손을 뻗었다.

둘은 손바닥이 맞닿았다.

그러자 황각이 내력을 쏟아붓기 시작했다.

하지만 무명은 내상을 입기는커녕 그의 내력을 단전에 받아서 차갑게 식혔다.

이후 황각은 내력을 멈추지 못하고 계속 퍼부어야 했다.

마치 위에서 아래로 흐르는 물을 멈출 수 없는 것과 같았다.

결국 황각은 탈진해서 쓰러졌다.

만약 계속 손바닥을 붙이고 있었더라면 그는 평생 수련한 내공을 몽땅 소진하고 폐인이 되었으리라.

그때 손바닥을 통해 흘러들어 온 황각의 내공은 무명의 전신으로 흩어져서 사라져 버렸다.

그런데 지금 운기조식을 하자 단전에 내공이 차오르고 있는 것이다.

무명은 당시 황각이 쓰러지면서 한 말을 기억했다.

"이건 흐, 흡성……."

무명은 강호에 떠도는 소문이 생각났다.

흡성신공. 상대의 내공을 흡수해서 자기 것으로 만든다는 전설 속의 무공.

'내가 흡성신공을 연마한 것일까?'

그러나 기억을 잃었으니 알 도리가 없었다.

이강에게 흡성신공을 연마한 흔적이 보이냐고 물을 수도 있었다.

하지만 무명은 묻지 않았다.

과거에 사파의 무공을 배웠다는 사실이 믿기지 않았기 때문이다.

아니, 인정할 수 없었다.

적어도 기억을 되찾기 이전에는…….

단전에 차오르던 내력은 계속 남아 있지 못하고 곧 전신의 혈맥을 따라 흩어졌다.

마치 뜨거운 물이 찬 그릇을 한 번 데운 다음 증발해 버린 것 같았다.

이래서야 고작 일 초식밖에 내력을 싣지 못하던 처지와 달라진 게 없었다.

내공이 더 많이 필요했다.

전신에 퍼진 뒤에도 단전을 가득 채우고 흘러넘칠 만큼.

어느새 반시진가량이 지나갔다.

소행자가 술과 안주가 놓인 쟁반을 들고 처소에 돌아

왔다.

"장 공공, 많이 기다리셨죠?"

"아니다. 수고했다."

"그럼 편히 쉬십시오."

소행자는 허리를 꾸벅 숙이더니 먼저처럼 휭하니 처소를 나갔다.

무명은 침상에서 일어나 의자에 앉았다.

그리고 소행자가 갖고 온 백건아와 동파육을 먹기 시작했다.

백건아는 삼킨 다음 목구멍에서 불길이 올라오는 것처럼 도수가 높았다.

하지만 황궁의 술이라 그런지 뒤끝이 매끄럽고 향기가 났다.

동파육은 고기가 부드러웠고 한 입 베어 물자 진한 육즙이 흘러넘쳤다.

무명은 소동파가 동파육을 만들었다는 고사(古事)가 생각났다.

소동파는 당송팔대가(唐宋八大家)의 한 사람으로, 시와 서예가 당대제일로 꼽히는 시인이다.

그는 특히 홍소육을 즐겨 먹었는데, 어느 날 조금 다른 방법을 써서 스스로 홍소육을 요리했다.

돼지고기를 네모나게 자른 뒤 술과 간장으로 양념을 해서 찜통에 넣고 요리한 것이다.

그래서 붙은 이름이 동파육(東坡肉)이었다.

이후 동파육은 항주 지방을 대표하는 요리가 되어 중원에 널리 퍼졌다.

동파육은 조리 시간이 긴 요리다.

아침부터 급히 동파육을 만든 황궁의 숙수는 높은 분들 식성은 알다가도 모르겠다며 불평을 늘어놓았으리라.

하지만 부총관태감이 먹고 싶다고 하니, 거역할 수도 없다.

명령 한 번이면 온갖 산해진미가 밥상에 오르는 지위.

무명은 쓴웃음을 지었다. 하지만 동파육은 달콤하기만 했다.

인간의 몸이란 원래 그런 것일지도 모른다.

혼자서 술을 마시고 있자니 왠지 심심했다.

무명은 누군가 옆에 있어서 함께 술잔을 기울였으면 좋겠다고 생각했다.

송연화? 미녀와 함께 술을 마신다면 분위기는 더없이 즐거우리라.

하지만 명문정파의 후기지수이며 궁녀의 신분인 그녀가 무명과 함께 술자리를 할 리는 없었다.

아니면… 이강?

술친구가 강호제일악인일지라도 지금은 상관없었다.

단지 누구라도 눈앞에 있었으면 했다.

무명은 씁쓸한 마음에 중얼거렸다.

"필요할 때는 항상 자리에 없는 자군, 후후후."

황궁은 넓었지만, 함께 술잔을 기울일 자는 아무도 없었다.

무명은 연신 술잔을 들이켰다.

동파육도 허겁지겁 씹어서 삼켰다.

백건아 한 병과 동파육 한 접시를 다 먹어 치우는 데 그리 오랜 시간이 걸리지 않았다.

그는 갑자기 술기운이 올랐다.

어젯밤 한숨도 자지 못했는데 독한 술을 들이켜자 피로가 몰려온 것이었다.

무명은 탁자에 엎드린 채 정신을 잃듯이 잠에 빠져들었다.

얼마나 시간이 지났을까.

누군가의 목소리가 무명의 잠을 깨웠다.

"장 공공! 안에 계십니까?"

무명은 잠결에도 목소리의 주인을 알아차렸다.

왕직이었다.

평소라면 지긋지긋했을 왕직의 목소리.

하지만 지금은 아니었다.

황궁에 돌아오면서 무명은 바로 왕직을 부르고자 생각했다.

'왕직에게 금위군을 염탐시키자.'

청일은 죽었지만, 그의 수하가 금위군에 남아 있을 것이다.

금위군이 돌아가는 사정을 알아내면 난쟁이의 행방도 자연히 알 방법이 생기리라.

그런 참에 왕직이 스스로 찾아왔으니, 무명은 수고를 던 기분이었다.

무명이 탁자에서 몸을 일으키며 말했다.

"들어오게."

왕직이 바람처럼 처소로 뛰어 들어왔다.

평소처럼 촐싹대는 모습이었다.

"장 공공, 이러고 있을 때가 아닙니다! 큰일 났습니다!"

그는 '큰일'이란 말을 항상 입에 붙이고 다녔다.

무명이 쓴웃음을 지으며 물었다.

"무슨 일이냐?"

그런데 왕직이 꺼내는 말은 정말 큰일이었다.

"태자께서 지금 장 공공 처소로 오고 계신단 말입니다!"

"뭐라고? 태자께서?"

"그렇다니까요!"

무명은 깜짝 놀라 자리에서 일어났다.

그리고 재빨리 관복으로 갈아입었다.

차 한 잔 마실 시간이 지났을 때, 처소 밖에서 관리가 외쳤다.

"태자 전하 납시오!"

곧 태자가 금위군과 궁녀 무리를 대동하고 무명의 처소에 나타났다.

무명과 왕직은 바닥에 엎드려서 부복했다.

무명이 목소리 높여 인사했다.

"태자 전하, 누추한 처소에 행차하시다니, 망극하옵니다."

"일어나라."

환관의 처소에 발을 들여서 기분이 나쁜 것일까?

태자의 목소리는 거칠고 카랑카랑하여 듣기에 거북했다.

무명과 왕직은 고개를 한 번 조아린 뒤 몸을 일으켰다.

태자가 방을 휘휘 둘러보며 말했다.

"부총관태감으로 승직을 했는데, 사는 곳은 누추하기 짝이 없군."

그 말에 왕직이 재빨리 끼어들었다.

"여기 장량 태감은 항상 아랫것들을 챙기시느라 자신은 늘 검소합니다. 모두 황상과 태자께서 보이시는 은혜를 따라하는 것이죠."

무명은 왕직의 말솜씨에 기가 찼다. 그는 말 한마디에 환관 장량은 물론, 황상과 태자에게까지 아첨하는 것을 놓치지 않았다.

태자가 코웃음을 쳤다.

"흥, 그렇군. 부총관태감이 제 분수를 알고 있으니, 내 상을 내리려고 왔다."

"……."

무명은 말문이 막혀서 고개만 조아렸다.

황제와 함께한 자리에서도 태자는 이랬다저랬다 하면서 무명에게 내리려던 상을 취소하지 않았던가?

그런 태자가 직접 상을 가지고 처소로 왔으니, 무명은 그의 속내를 짐작하기 힘들었다.

"가져와라."

태자가 명하자, 관리가 앞으로 나서며 둥글게 말린 족자를 내밀었다.

무명은 부복해서 절을 한 뒤 일어나서 족자를 받았다.

태자가 말했다.

"내가 쓴 글씨다. 벽에 걸어두고 감상이나 하여라."

무명은 깜짝 놀라서 족자를 두 손에 든 채 다시 고개를 조아렸다.

"소신 이 감격을 어찌 말해야 할지 모르겠나이다."

"모르면 굳이 말하지 마라."

태자가 오만한 미소를 지으며 말했다.

상을 주는가 하면, 바로 핀잔을 하는 태자. 그의 성정은 어디로 튈지 예측이 불가능했다.

그때 태자가 뒤쪽을 향해 고갯짓을 했다.

"네가 이 환관을 보고 싶다고 했느냐?"

"예, 전하."

굵직하고 위엄 서린 목소리가 대답했다.

"이자가 어머님을 구한 장량이다. 부총관태감, 인사해라. 이번에 새로 금위군 총대장이 된 자다."

금위군 무리 중간에서 새 금위군 총대장에 올랐다는 자가 앞으로 나왔다.

순간 무명은 외딴 산길에서 범과 마주치는 기분을 느꼈다.

금위군 총대장이 무명을 보며 말했다.

"새 금위군 총대장이 된 무당파의 오상검(午霜劍) 청성이다. 청일은 내 사제였지."

"……."

무명은 그제야 황궁의 숨은 사정을 알아차렸다.

청일은 무당파가 내세운 반쪽짜리 허수아비였다.

황궁에 암약하는 무당파의 실세는 바로 눈앞의 남자였던 것이다.

무당파 오상검(午霜劍) 청성.

청성은 불혹이 오래전에 지난 사십 대 후반의 남자였다.

그러나 머리는 이미 새하얀 백발이 되었으며, 얼굴에는 무수히 많은 검상이 나 있어서 실제보다 나이가 들어 보였다.

단지 그의 두 눈에서 시퍼런 안광이 은은하게 새어 나오고 있었다.

그가 절정의 무공 수위를 지녔다는 증거였다.

평생 얼마나 많은 사투를 뚫고 살아왔는지 짐작도 안 되는 풍모.

무당삼검 청일도 대단한 고수였다.

하지만 눈앞의 청성은 차원이 달랐다.

무명은 생각했다.

'지금까지 만난 인물 중 오직 이강과 소림 방장 무혜만이 이자와 맞설 수 있겠군.'

황궁과 연을 만들어 세력를 넓히는 데 성공한 무당파.

청일은 무당파가 세인의 눈을 속이기 위해 내세운 가림막이었다.

진짜 실세는 지금까지 청일이 만든 그림자 속에 숨어 있었다.

그리고 사제 청일이 죽자 진면목을 드러내며 강호에 출행한 것이었다.

마치 와호장룡처럼.

수풀 속에서 천천히 몸을 일으키는 호랑이.

그가 바로 청성이었다.

청성은 안광을 번득이며 무명에게서 시선을 떼지 않았다.

무명이 고개를 조아리며 인사했다.

"장량이 금위군 총대장님을 뵙습니다."

"사제한테 얘기 많이 들었다. 앞으로 황궁 일을 잘 부탁

하네."

청성이 굵고 나직한 목소리로 말했다.

금위군 총대장이 일개 환관에게 부탁의 말을 건넨다?

사정을 모르는 자가 들었다면 금위군 총대장의 대범하고 소탈한 풍모를 칭송했을 말이었다.

그러나 무명은 그의 말속에 가시가 있다는 것을 깨달았다.

무명은 서고의 책장을 놓고 청일과 신경전을 벌였다.

결국 청일은 내원 건물이 불타는 기사 끝에 죽고 말았다.

청성은 아마도 청일에게 모든 일을 보고받았을 것이다.

그런 그가 사제의 괴이한 죽음에 의문을 품지 않을 리 없었다.

무명은 생각했다.

'이자가 모습을 드러낸 이유는 둘 중 하나다.'

첫째, 청일이 수중에 넣는 데 실패한 망자비서의 행방을 찾기 위해.

둘째, 사제 청일의 죽음을 복수하기 위해.

하지만 무명은 금세 고개를 저었다.

둘 중 하나가 아니라, 둘 다 이유일 거라는 생각이 들었던 것이다.

그리고 두 이유 모두 무명과 관련이 있었다.

무명은 눈앞의 맹호와 언젠가 일전을 벌일 날이 오리라는 것을 직감했다.

태자가 일행에게 말했다.

"그만 가자."

"전하, 살펴 가시옵소서."

무명과 왕직이 급히 바닥에 엎드리며 부복했다.

태자가 몸을 돌려서 처소를 나갔다.

청성은 무명에게 한마디 말을 던진 뒤 태자를 따라갔다.

"그럼 또 보지."

"살펴 가십시오, 총대장님."

둘의 인사는 평범했다.

하지만 무명은 다시 보자는 청성의 말이 의미심장하게 들렸다.

무명은 태자가 일부러 환관 처소에 행차한 이유도 짐작이 갔다.

'영왕을 견제하기 위해서였군.'

태자는 청일이 죽었지만 자신은 세를 잃지 않았다고 영왕에게 과시할 속셈이었을 것이다.

또한 친필을 선물하여 환관 장량을 자신의 수하로 만들 생각도 있었으리라.

태자가 떠나자, 왕직이 아첨의 말을 늘어놓았다.

"장 공공, 대단하십니다! 태자 전하의 친필을 받으시다니요! 이걸 황궁 밖의 화상에 내다 팔면 대체 얼마나 받을까요?"

"선물한 친필이 시중에 나돌면 태자 전하의 심사가 어떠실 것 같나?"

"컥! 그, 그런… 역시 명필은 집에 보관하고 자손 대대로 물려줘야겠지요? 헤헤헤."

왕직은 재빨리 말을 바꿨다. 그리고 없는 말을 지어내며 아첨을 계속했다.

하지만 무명은 왕직의 아첨이 귓속에 들어오지 않았다.

그는 황궁에 출몰했던 망자에 대한 생각으로 머리가 복잡했다.

'그날 청일을 죽인 그림자는 누구일까?'

정혜귀비의 심복이었던 청일은 곧 태자의 수하나 마찬가지다.

그림자가 청일을 죽여서 태자의 세를 약화시킬 속셈이었다면, 그림자의 정체는 영왕이 된다.

그러나 만약 청일이 귀비의 총애를 얻으면서 동시에 영왕에게도 줄을 대고 있었다면?

그럴 경우 그림자는 태자여야 얘기가 맞아떨어진다.

영왕의 세작인 청일을 제거한 다음, 진짜 수하인 청성을 금위군 총대장의 지위에 올렸으니까.

과연 둘 중 누가 망자일까?

무명은 한 치 앞도 보이지 않는 칠흑 같은 어둠 속을 걷는 기분이었다.

다음 날.

무명은 아침을 먹자마자 문화전의 서고로 향했다.

황제가 영왕의 말을 듣고 무명을 서고 관리자로 임명했기 때문이다.

책장이 뒤바뀌었으니 무명은 서고에 따로 볼일이 없었다.

하지만 처소에 머물면서 왕직의 아첨을 듣는 것보다는 서고에서 책을 정리하며 소일거리라도 하는 게 훨씬 나았다.

무명은 서고로 가는 중에 사라진 책장에 대해 생각했다.

'청일이 책장을 통째로 바꿔치기한 것은 분명하다. 그가 죽은 지금, 책장은 누구의 수중에 있는 걸까?'

청일이 죽던 밤, 그림자는 그에게 망자비서를 내놓으라고 했다.

그 얘기는, 그림자가 태자이든 영왕이든 간에 아직 망자비서를 손에 넣지 못했다는 뜻이다.

'혹시 새 금위군 총대장인 청성의 손에 있는 건가?'

그럴 리는 없었다.

만약 청성이 망자비서를 손에 넣었다면 굳이 태자를 따라 무명을 정찰하러 올 필요가 없었기 때문이다.

모든 가능성을 제외하면 남는 사실은 하나였다.

그림자가 아닌 자, 즉 태자와 영왕 중에 망자가 아닌 자가 책장을 갖고 있을 것이다.

그리고 청일은 그자의 수하였으리라.

수수께끼는 명쾌하게 풀리지 않고 애매모호하기만 했다.

어느새 무명은 황궁 서고에 도착했다.

학사는 변함없이 허리를 곧게 펴고 의자에 앉아 서책을 읽고 있었다.

무명이 허리를 굽히며 인사했다.

"그간 안녕하셨습니까?"

"어서 오게. 부총관태감이 되었다지? 게다가 서고 일을 계속하게 되었다면서?"

"그렇습니다. 모두 학사님 덕분입니다."

"승직을 하자 혀에 꿀을 바른 겐가? 아첨은 다른 곳에서나 하게."

무명은 품계가 높아졌지만, 학사가 그를 대하는 태도는 여전히 무뚝뚝했다.

무명은 그런 학사가 오히려 마음에 들었다.

'이런 자가 정치를 해야 되는데.'

연줄이 없는 학사는 과거에 급제해도 평생을 한직에서 맴돈다.

반면 왕직처럼 눈치 빠르고 아첨을 일삼는 자는 하루가 다르게 출세를 한다.

무명은 학사의 인품과 학식이 아깝다고 여겼다.

"오늘 할 일은 무엇입니까?"

"우리가 할 일이 뭐가 있었나? 탁자에 있는 서책은 제자리에 꽂고, 남는 시간은 읽고 싶은 서책을 마음껏 읽게. 그러다 보면 시간이 가겠지."

"우문현답이군요."

"정말 혀에 꿀을 발랐나 보군."

학사가 딱딱하게 말했다.

하지만 그도 기분이 나쁜 것 같지는 않았다.

그런데 학사가 뜻밖의 말을 꺼냈다.

"사람들이 와서 바꿔 간 책장 기억하는가?"

"네? 무슨 말씀이신지?"

"내가 책장에 무슨 서책이 있었는지 알려주겠다고 하지 않았나?"

무명은 그제야 무슨 말인지 깨달았다.

뒤바뀐 책장에 대해 물었던 날, 학사는 어떤 서책이 책장에 있었는지 목록을 만들어주겠다고 약조했다.

학사가 서책이 잔뜩 쌓인 탁자로 다가갔다.

그리고 서책 더미를 치우고 벼루를 옮기는 등 한바탕 소란을 피우더니, 어떤 두루마리 하나를 집어 들었다.

"여기 있네."

무명은 영문을 모르는 채 두루마리를 건네받았다.

그가 빈 탁자 위에다 둘둘 말린 두루마리를 폈다.

순간 그는 깜짝 놀랐다.

두루마리에는 사라진 책장이 통째로 그려져 있는 게 아닌가?

"이것은 책가도가 아닙니까?"

"그렇다고 봐야지."

항상 무뚝뚝한 학사의 얼굴이 살짝 홍조를 띠었다.

"서책 제목을 일일이 적다 보니 손이 심심해서 차라리 그림으로 그려주자고 생각했지. 한데 막상 그리다 보니 재미가 붙더군. 그래서……."

"……."

무명은 할 말을 잃었다.

책가도(册架圖)는 서책이 가득 꽂힌 책장이나 높게 쌓아 올린 책 더미를 그린 그림을 말한다.

또한 서책뿐 아니라 붓, 벼루 같은 문방사보와 부채, 도자기, 담뱃대 등 학사가 취미로 삼는 물품을 그려 넣기도 했다.

책가도는 여러 장의 그림을 연결하여 병풍으로 만들기도 했다.

즉 학사의 고상한 취미가 엿보이는 그림이라고 할 수 있었다.

무명은 잠시 넋이 나간 채 학사가 그린 책가도를 바라봤다.

책가도는 사라진 책장을 고스란히 담고 있었다.

넓은 종이 안에 책장의 구석구석이 빠짐없이 그려져 있었다.

또한 어느 한 곳 대충 그리지 않고 세밀하게 묘사된 것은 학사가 얼마나 심혈을 기울였는지 짐작케 했다.

게다가 놀랍게도 책 한 권, 한 권마다 깨알같이 제목이 써 있는 것이 아닌가?

무명이 물었다.

"일부러 책에 제목을 쓰신 겁니까?"

"서책 목록을 써주겠다고 약조하지 않았나."

"한두 권이 아닌 서책의 제목을 대체 어떻게 기억하신 겁니까?"

"실은 높으신 분들이 그 책장을 몇 번 찾아와서 안내한 적이 있네. 그래서 눈에 익었지."

"……"

무명은 말문이 막혔다.

아무리 그래도 이 많은 서책의 제목을 일일이 적어내다니…….

"왜? 그림이 마음이 안 드나?"

"아, 아닙니다!"

무명은 정신을 차리고 깊이 허리를 숙였다.

"귀한 선물을 받아서 잠시 얼이 빠졌습니다. 감사합니다."

"으흠! 싫지는 않다니 다행이군."

학사는 헛기침을 하며 고개를 돌렸다.

무명은 그가 멋쩍어하는 것을 깨닫고 더는 말하지 않았다.

그리고 그림을 잘 말아서 끈을 묶어 갈무리했다.

서책을 사랑하는 학사와 환관.

서로 간에 대화는 없었지만 서고의 분위기는 따뜻했다.

곧 시간이 다 되었다.

"그림을 처소에 걸어두고 감상하겠습니다."

"대수롭지 않은 그림 가지고 그럴 것까지야, 하하하……."

무명은 학사에게 꾸벅 허리를 숙이고 서고를 나섰다.

그리고 가벼운 발걸음으로 처소로 돌아왔다.

그런데 처소에는 인부들이 와 있었다.

왕직이 데려온 자들이었다.

"장 공공, 오셨군요."

"무슨 일인가?"

"태자 전하의 친필을 벽에 걸어두어야 하지 않겠습니까?"

무명은 무슨 일인지 알아차렸다.

왕직이 사람을 불러 벽에 못을 박은 다음 무명이 태자에게 받은 친필을 걸려고 한 것이었다.

"태자께서 친히 쓰신 글씨인데 그냥 놔둘 수는 없지요. 안 그렇습니까?"

"……."

무명은 왕직의 오지랖에 짜증이 났다.

하지만 그의 말도 옳았다.

태자의 친필을 둘둘 만 채 구석에 놔둘 수는 없는 일이었다.

무명이 인부에게 말했다.

"반대편 벽에 못을 하나 더 박게."

"네? 왜요?"

왕직이 묻자, 무명은 귀찮지만 대답했다.

"학사한테 받은 그림을 걸 생각이네."

"학사라고요? 천한 학사의 그림을 어찌 태자의 친필과 같은 방에……."

"황상이 공부하시는 문화전 서고의 학사가 천하다는 말인가?"

무명이 말을 자르며 추궁했다.

왕직은 말실수를 깨닫고 얼굴이 새파랗게 질렸다.

그가 급히 바닥에 부복하며 말했다.

"아닙니다! 저는 단지 태자의 친필을 말씀드리다가……."

"알았으니 일어나게."

왕직이 몸을 일으켰다.

하지만 어딘가 불만이 어린 표정이었다.

무명의 명대로 인부가 양쪽 벽에다 못을 박았다.

무명은 빛이 잘 들어오는 벽에는 태자의 친필을, 반대편 벽에는 학사의 책가도를 걸었다.

"수고했으니 다들 가보게."

"그럼 편히 쉬십시오."

무명은 왕직과 인부들에게 은자를 나눠어 준 뒤 그들을 쫓아내듯이 내보냈다.

혼자가 되어 마음이 편해진 무명은 태자의 글씨를 감상했다.

태자의 글씨는 뜻밖에도 호방하고 거침이 없었다.

'성정은 음침한데 글씨는 호연지기가 가득하군. 성정이 글씨의 반만큼만 되었으면 좋으련만.'

그는 고개를 돌려 이번에는 책가도를 감상했다.

학사의 솜씨는 볼수록 감탄이 나왔다.

구석구석 섬세하게 그린 필치가 속마음이 따뜻한 학사의 성정을 보여주고 있었다.

탁자, 의자, 침상을 빼면 가구 하나 없이 단출한 무명의 방.

하지만 지금 그는 고관대작의 거실에 있는 듯한 기분이었다.

그때 무명의 시야에 무언가가 들어왔다.

그는 눈을 크게 뜨고 책가도를 살피다가 그만 신음을 흘리고 말았다.

"이것은 설마……."

학사가 그린 책가도는 평범한 그림이 아니었다.

그 속에 황궁 서고의 숨겨진 비밀이 담겨 있었던 것이다.

무명은 서고에 얽힌 수수께끼의 진상을 알아차렸다.

책가도는 폭이 세 자에 길이가 반 장이나 되었다.

때문에 벽 한 면을 통째로 가릴 만큼 크고 넓었다.

그 안에 그려진 책장의 모습은 다음과 같았다.

책장은 세로로 일곱 개의 단이 있었다.

거기에 단 하나마다 오십여 권의 서책이 꽂혀 있었다.

책장 전체에 대략 삼백오십 권의 서책이 있는 셈이었다.

놀라운 점은 서책마다 깨알같이 제목을 써넣었다는 것이다.

삼백오십 권에 달하는 서책의 위치와 제목을 빠짐없이 기억해서 그린 책가도. 학사의 솜씨는 마치 절정고수가 펼치는 초식을 보는 것처럼 섬세하고 유려했다.

무명은 사라진 책장이 눈앞에 있는 것 같은 착각마저 일었다.

그런데 책가도 속에는 예상 못 한 비밀이 담겨 있었다.

"설마 이것은……."

그의 입에서 신음이 흘러나왔다.

무명은 자신이 헛것을 본 게 아닌가 싶어 책가도에 얼굴을 가까이 가져갔다.

잘못 본 게 아니었다.

서책 중에 도저히 믿을 수 없는 제목이 있었다.

그것은 세 권의 서책이었다.

강호집(江湖集), 천금방(千金方), 반야심경(般若心經).

강호집은 송나라 때 시인 양만리의 시집이며, 천금방은 당나라 때 의원 손사막이 저술한 의서다.

또한 반야심경은 당나라 때 고승 현장 법사가 번역하여 중원에 전파한 불경이다.

시집, 의서, 불경.

아무 관련도 없는 서책 세 권이 책장 중간에 나란히 꽂혀 있었다.

다른 자가 봤다면 별다른 의심 없이 서책들에게서 눈을 떼었으리라.

그러나 무명은 세 권의 비밀을 알고 있는 강호의 유일한 인물이었다.

"이런 말도 안 되는 일이……."

강호집을 쓴 양만리는 '월계'라는 시로 유명했다.

월계에서 가장 유명한 구절은 다음과 같았다.

'지도화무십일홍 차화무일무춘풍.'

무명이 무엇에 홀린 듯이 중얼거리기 시작했다.

"화무십일홍. 발전 자 두 개의 기관진식."

천금방은 이전 의술을 정리한 것에 자신의 경험을 더하여 저술한 의서였다.

아마도 고뿔 환자에게 처방할 침구와 약방문이 언급되어 있으리라.

그가 두 번째로 중얼거렸다.

"대청룡탕. 약장 서랍의 기관진식."

반야심경은 불가의 대표적인 불경이었다.

마지막 중얼거림은 정신이 나간 자의 넋두리 같았다.

"색즉시공 공즉시색. 불가의 방 기관진식."

그랬다. 서책 세 권의 제목은 각각 무명이 파훼했던 황궁 지하의 기관진식 방을 가리키고 있었던 것이다.

무명이 나직한 목소리로 말했다.

"수수께끼가 풀렸군."

황가전장에서 받은 종이에는 황궁 서고의 지도가 붉은 줄로 표시되어 있었다.

그리고 지도 중간에 푸른 점이 찍혀 있었다.

무명은 푸른 점이 찍힌 곳에 망자비서가 있을 것이라고 추측했다.

하지만 진실은 무명의 예상과 크게 달랐다.

푸른 점은 망자비서가 꽂혀 있는 책장을 표시한 게 아니었다.

책장 자체가 푸른 점이 가리키고자 했던 비밀이었던 것이다.

청일이 책장을 바꿔치기한 뒤에도 무명에게 망자비서를 내놓으라고 협박한 것은 그 때문이었다.

그는 아무리 뒤져도 책장에서 망자비서를 찾지 못했으리라.

왜?

책장에는 애초에 망자비서가 없었으니까.

화무십일홍, 대청룡탕, 반야심경을 나타내는 세 권의 서책이 나란히 꽂혀 있는 책장.

그게 뜻하는 것은 하나였다.

"이 책장은 황궁 지하 감옥의 지도다."

무명의 목소리가 덜덜 떨리고 있었다.

세 권의 서책이 무명이 탈출했던 기관진식 방들을 가리키는 것이라면, 책장에 꽂혀 있는 다른 서책들은 거미줄처럼 얽힌 지하 감옥의 미로를 표시하고 있을 것이다.

황궁 밑 지하 감옥의 방이 서책 제목으로 표시되어 있는 지도.

그것이 바로 책장의 정체였다.

무명이 사대악인과 함께 밖으로 나온 곳은 반야심경의 방이었다.

예전에 곽평이란 환관의 처소였던 곳으로, 지금 무명이 쓰는 방이기도 했다.

"그렇다면."

책장에서 반야심경이 꽂힌 곳이 현재 무명이 있는 위치일 것이다.

무명은 책가도를 유심히 살폈다.

단마다 꽂힌 서책의 권수가 달랐다.

어떤 단은 오십 권보다 많았고, 어떤 단은 오십 권에 못 미쳤다.

그가 모든 서책을 더해서 셈했다.

"전부 삼백육십오 권이군."

일 년이 삼백육십오 일인 것과 같아서 기억하기 쉬웠다.

책장에 꽂힌 서책들은 제각각 종류가 달랐다.

어떤 단은 시인의 전집이 연이어 꽂혀 있었다.

반면 어떤 단은 전혀 어울리지 않는 서책들이 나란히 꽂혀 있기도 했다.

"서책의 종류도, 순서도 어떤 일정한 규칙은 찾을 수 없군."

아무렇게 꽂아놓은 것처럼 보이는 책장.

어쩌면 그것이 서책을 배열한 자의 숨은 의도일지도 몰랐다.

무질서한 책장에 눈길을 둘 공붓벌레는 황궁에 많지 않을 테니까.

무명은 책장 맨 위부터 총 삼백육십오 권의 서책을 하나씩 읽어나갔다.

그리고 서책이 꽂힌 위치와 제목을 암기하기 시작했다.

무명이 책가도 암기를 끝낸 것은 해가 떨어져서 주위가 어두워졌을 때였다.

그는 침상에 대자로 누웠다.

그리고 지친 얼굴로 한숨을 쉬었다.

"휴우, 드디어 끝났군."

생각하면 할수록 기이한 일이었다.

무명이 파훼하긴 했지만, 세 개의 방에 설치된 기관진식 함정은 기상천외한 것이었다.

그러나 지하 감옥을 설계한 자의 상상력은 더욱 놀라웠다.

책장에 서책을 꽂아서 지하 감옥의 지도를 표시해 둘 줄이야!

무명은 그의 심계가 어디까지 뻗쳐 있을지 짐작할 수 없었다.

계속해서 무명은 서책 제목을 하나씩 분석했다.

"지하 감옥으로 가는 출입구를 찾자."

지금 무명의 처소에는 불가의 방과 연결된 통로가 있었다.

하지만 불가의 방은 지하 감옥을 탈출하는 것만 가능할 뿐, 잠입하는 것은 시도할 수 없었다.

그곳으로 가려면 뱀장어보다 미끄러운 천을 거꾸로 타고 올라가야 하기 때문이다.

무명은 다른 곳에 분명 출입구가 있을 거라고 생각했다.

밥 한 끼 먹을 시간이 지났을 때였다.

그는 출입구로 짐작되는 서책을 세 권 찾아냈다.

"여기, 여기, 그리고 여기."

무명이 책가도 위의 세 군데 지점을 검지로 짚으면서 확인했다.

서책 세 권의 제목은 다음과 같았다.

천공개물(天工開物), 관윤자(關尹子), 무문관(無門關).

세 권 모두 제목에 출입구와 관련된 글자가 들어 있었다.

개(開), 관(關), 문(門).

무명은 추측했다.

세 권의 서책이 꽂혀 있는 지점에 지하 감옥으로 가는 출입구가 있지 않을까?

그는 자신의 처소와 서책들의 위치를 비교하며 계산했다.

짐작이 옳았다. 책장이 황궁이라고 볼 때, 무문관이 꽂혀 있는 위치는 황궁의 내원을 가리키고 있었다.

"불타 버린 정혜귀비의 처소로군."

귀비의 내원 건물은 청일이 죽은 뒤 불길에 전소되었다.

그런데 다음 날 궁녀들의 유골이 발견되지 않았다.

무명은 건물 밑에 지하 감옥과 연결된 통로가 있으리라고 짐작했다.

망자가 된 궁녀들이 통로로 빠져나갔으니, 불탄 유골이 나올 리가 없었다.

그 증거가 눈앞에 있었다.

귀비의 비밀 처소는 지하 감옥으로 향하는 세 군데 출입구 중 하나였던 것이다.

하지만 귀비의 처소로는 지하 감옥으로 들어갈 수 없었다.

화재로 건물이 무너져서 주위가 돌더미로 뒤덮였기 때문이다.

또한 낮에는 인부들이 폐목을 치우며 공사를 했고, 밤에는 금위군이 경비를 섰다.

그럼 남은 출입구는 두 군데였다.

무명은 고민했다.

"내 추리가 맞는 것일까?"

만에 하나 우연의 일치였다면?

그럴 가능성도 적지 않았다.

황궁은 환관과 궁녀도 길을 잃을 만큼 넓고 복잡했다.

무문관이란 서책이 꽂힌 위치가 정말 정혜귀비의 처소를 가리키고 있는지, 또 그곳에 지하 감옥의 출입구가 있는지 확신할 수 없었다.

그것을 확인할 방법은 하나였다.

"직접 가보는 수밖에 없겠군."

무명은 다른 두 권의 서책, 천공개물과 관윤자가 꽂힌 위치가 어디일지 계산했다.

관윤자의 위치는 좀처럼 알아낼 수 없었다.

아직 황궁에서 가본 곳보다 가보지 못한 곳이 훨씬 많았기 때문이다.

게다가 관윤자는 다른 서책들과 동떨어진 구석에 꽂혀 있어서 위치를 짐작하기 힘들었다.

반면 천공개물은 어렵지 않게 위치를 알아냈다.

"수복화원(壽福花園)이군."

수복화원은 황궁에서 가장 수풀이 우거진 화원이었다.

그러나 내원과 멀리 떨어진 곳에 있어서 비빈의 발길이 뜸했으며, 대낮에도 드나드는 사람이 없어서 적막하기로 유명했다.

지하 감옥의 출입구를 확인하기에 적합한 곳이었다.

무명은 당장 수복화원에 가보기로 마음먹었다.

"시간을 지체할 수는 없지."

반나절 넘게 서책의 제목과 위치를 암기하느라 눈이 침침하고 피곤했다.

하지만 중원 천하가 망자비서를 노리고 있는 지금, 잠시라도 머뭇거릴 틈이 없었다.

무명은 처소를 나와서 소행자를 찾으러 갔다.

품계가 낮은 환관들은 자기 방이 따로 없었다.

그들은 삼 조로 나뉘어서 황궁 일을 했다.

식사와 잠은 황궁 구석진 곳에 있는 공동 숙소에서 해결했
다.

무명은 환관 숙소에 도착했다.

그가 막 숙소를 나오는 환관에게 말했다.

"소행자를 찾고 있네. 알아봐 줄 수 있겠나?"

환관이 무명을 물끄러미 쳐다보더니 물었다.

"혹시 이번에 부총관태감으로 승직하신 분 아니십니까?"

"맞네. 장량이라고 하네."

"역시 그러셨군요! 잠시만 기다려 주십시오."

환관이 깜짝 놀라 고개를 숙였다.

그리고 숙소로 뛰어들어 소리쳤다.

"소행자 어디 있어? 부총관태감님께서 찾으신다!"

무명이 정혜귀비를 구해서 벼락출세를 한 일은 황궁 안에
파다하게 소문이 퍼져 있었다.

황은을 입은 부총관태감이 직접 행차하자, 환관들은 특유
의 가느다란 목소리로 소행자를 부르며 바쁘게 뛰어다녔다.

잠시 후, 연락을 들은 소행자가 헐레벌떡 숙소로 달려왔다.

"장 공공, 찾으셨습니까?"

"그래."

소행자는 무슨 일을 하다가 급하게 기별을 받은 것 같았다.

그의 의복에서 코를 찌르는 시큼한 냄새가 났기 때문이다.

무명이 물었다.

"약방에 있다 왔느냐?"

"네. 어떻게 아셨습니까?"

"냄새를 맡고 알았다. 어디 몸이 불편한 데라도 있느냐?"

"아닙니다. 그냥 심부름 때문에 갔습니다."

무명은 고개를 끄덕였다.

소행자처럼 품계가 낮은 환관이 밤늦게 의원을 만날 수는 없었다.

"잠시 갈 데가 있으니 따라오너라."

무명은 그렇게 말하고 발을 옮겼다.

소행자가 뒤에서 따라왔다.

곧 둘은 환관 숙소에서 멀리 떨어졌다.

무명이 좌우를 살펴서 인적이 없는 것을 확인한 뒤 말했다.

"수복화원으로 가자. 앞장서거라."

"이 밤중에 말입니까? 거기는 낮에도 사람들이 뜸한 곳인데요?"

"말이 많구나."

"아닙니다. 알겠습니다."

소행자는 연신 고개를 갸웃거리면서 앞장을 섰다.

안 그래도 인적이 드문 화원을 밤에 가자고 하니, 영문을 몰라 하는 것이었다.

황궁의 밤길은 걷기 힘들었다.

담장은 높았고, 건물은 **빽빽**하게 늘어서서 미로를 만들고 있었다.

곳곳에 경비를 서고 있는 금위군의 불빛이 없었다면 암흑천지가 따로 없었을 것이다.

하지만 소행자는 어두운 길을 조금도 헤매지 않고 잘 찾아갔다.

"황궁에서는 얼마나 지냈느냐?"

"석 달 뒤면 십칠 년이 됩니다."

무명은 생각했다.

'역시 그랬군.'

열 살 때 황궁에 들어왔다고 치면, 소행자의 나이는 곧 스물일곱이 된다.

무명은 소행자의 나이가 자신보다 많지는 않지만, 겉으로 보이는 것처럼 크게 차이 나지 않을 거라고 짐작했다.

그가 어린아이처럼 보이는 것은 어렸을 때 거세를 받은 동자 환관이기 때문이리라.

십칠 년을 황궁에서 지낸 소행자.

그는 거침없이 황궁 길을 안내했다.

밥 한 끼 먹을 시간이 지났을 때, 둘은 목적지에 도착했다.

"여기가 수복화원입니다."

무명이 고개를 들었다.

그의 앞에 수풀이 우거진 음침한 화원이 몸을 웅크린 맹수처럼 도사리고 있었다.

6장.

수복화원(壽福花園)의 비밀

수복화원은 듣던 것처럼 수풀이 무성하고 을씨년스러웠다.

무명은 왕직에게 들은 얘기가 생각났다.

수복화원은 황제의 어머니인 황태후가 자주 찾던 곳이었다.

황태후는 황제의 첫째 아들이었던 황장자를 몹시 아꼈다.

그런 황장자가 죽자 황태후는 아픔을 달래기 위해 수복화원을 거닐며 손자의 명복을 기도했던 것이다.

몇 년이 지나자 고령의 황태후는 몸이 쇠약해져서 외출을 삼갔다.

황태후의 발길이 끊어지자 수복화원은 관리하는 일손이 줄어들었다.

곧 수복화원은 잡초와 수풀이 무성해져서 아무도 찾지 않는 곳이 되었다.

왕직은 그때 이렇게 말했다.

"황태후의 세는 없는 것만 못한데, 누가 일부러 수복화원을 관리하겠습니까?"

세력이 약하면 일개 환관에게도 비웃음을 사는 곳, 황궁.

황궁 역시 강호처럼 비정한 곳이었다.

화원으로 들어가는 문에는 두 명의 금위군이 경비를 서고 있었다.

그런데 무명과 소행자가 가까이 다가가는데도 금위군들은 기척을 눈치채지 못했다.

그들은 추위를 참느라 손바닥을 비비며 발을 동동 구르고 있었다.

무명이 헛기침을 하며 말을 꺼냈다.

"으흠, 수고들 하십니다."

"누, 누구냐?"

그제야 금위군들이 깜짝 놀라며 횃불을 들이댔다.

"환관? 이 밤중에 환관이 이곳에 무슨 일이냐?"

"소인은 부총관태감 장량이라 하오. 정혜귀비의 명을 받고 왔소."

무명의 말에 금위군 둘이 서로의 얼굴을 쳐다봤다.

둘 중 하나가 물었다.

"혹시 귀비를 구해서 황은을 입었다는 태감?"

"과찬의 말씀이오. 소인이 맞소."

무명의 신분을 알게 되자 그들은 다시 한번 깜짝 놀랐다.

황궁의 밤은 환관과 궁녀의 손길이 많이 필요했다.

밤이 깊어도 환관과 궁녀는 거동이 크게 어렵지 않았다.

때문에 두 금위군은 한 점의 의심도 없이 무명과 소행자를 대했다.

그들이 손짓을 하며 불렀다.

"밤중에 고생이 많소. 이리 와서 불에 손 좀 녹이시게."

어느새 둘의 말투까지 바뀌었다.

무명이 품에서 은자를 꺼내 슬쩍 둘의 손에 쥐어줬다.

"이건 귀비께서 내리시는 것이니, 밤에 경비를 서다 고뿔에 걸리면 약이라도 지어 드시오."

그러면서 한마디 덧붙였다.

"오늘 일은 은밀히 하라고 귀비께서 말씀하셨소."

"걱정 마시게. 우리 입이 좀 무거워야지. 안 그런가?"

"그럼! 두말하면 잔소리지."

두 금위군이 무명의 뜻을 눈치채고 대답했다.

청일이 죽고 총대장이 바뀐 상황이라 금위군의 기강은 어느 때보다 삼엄했다.

그러나 그것은 황제가 머무는 본전과 내원 쪽이지, 황궁의 외진 곳은 사정이 달랐다.

수복화원에도 군기가 빠진 금위군 달랑 두 명이서 경비를 서고 있지 않은가.

무명이 그들에게 뇌물을 쓴 것은 그 때문이었다.

금위군은 무명을 의심하기는커녕 조심하라며 기름불까지 건넸다.

"밤길 어두운데 갖고 가시오."

"고맙소."

무명과 소행자는 문을 넘어서 수복화원으로 들어섰다.

화원은 관리가 안 되어 수풀이 우거지고 길이 막혀 있었다.

기름불에 나무 그림자가 비쳐서 흔들리는 모습이 보는 이의 기분을 불안하게 만들었다.

어디서 괴력난신이 불쑥 나타난다고 해도 이상하지 않았다.

둘은 곧 화원 중심에 있는 정자에 도착했다.

정자는 다른 화원과 달리 작고 아담했다.

과거에는 꽤 낭만적인 장소였을 듯하나 관리가 안 된 지금은 적막하기만 했다.

무명은 일단 기름불을 들고 정자를 둘러봤다.

그러나 출입구는 보이지 않았다.

곽평의 처소, 지금 무명이 있는 방에는 바닥에 커다란 뚜껑이 있었다.

무명은 처소를 이전한 뒤 침상을 옮겨서 뚜껑을 숨겼다.

반면 정자의 단상은 땅과 떨어져 있으니, 뚜껑이 있을 리 없었다.

무명은 땅에 바싹 엎드렸다.

그리고 단상과 바닥 사이를 살폈다.

하지만 단상 밑의 바닥은 돌을 깔지 않은 맨땅이었다.

당연히 뚜껑은 보이지 않았다.

그는 생각했다.

'예상한 대로군.'

무명은 옷에 묻은 흙을 털고 일어났다.

그리고 몸을 돌려 다른 곳으로 향했다.

소행자가 불안한지 물었다.

"장 공공, 얼마나 더 있어야 됩니까?"

"아직 멀었다."

"네……"

소행자의 불안을 신경 써줄 여유는 없었다.

무명은 숲속으로 걸음을 옮겼다.

그가 찾고 있는 것은 우물이었다.

무명은 수복화원이 출입구라는 것을 깨달았을 때 이미 우물을 염두에 두고 있었다.

'꽃과 나무를 심어놓은 화원은 정자나 누각만 있을 뿐, 바닥이 있는 건물은 없을 것이다.'

그렇다면 맨땅 천지인 화원에서 돌바닥이 있는 곳은?

'우물이다.'

풍수지리에서 우물은 사람 얼굴의 입으로 본다.

건물은 사람 얼굴의 코, 즉 중심으로 본다.

때문에 우물은 문과 건물을 잇는 일직선상에 있어야 좋다고 봤다.

우물이 이상한 곳에 치우쳐 있으면 얼굴이 삐뚤어졌다고 여기는 것이다.

만약 무명과 소행자가 문에서 일직선으로 걸어왔다면 정자로 오기 전에 우물을 지나쳤을 것이다.

하지만 화원 길의 수풀이 무성한 바람에 둘은 빙 돌아서 와야 했다.

그리고 지금, 무명은 수풀 속을 헤치면서 우물을 찾고 있는 것이었다.

곧 수풀이 듬성듬성한 곳이 나타났다.

짐작한 대로였다.

공터 중간에 정(井) 자 모양의 우물이 있었다.

"이건 우물이 아닙니까?"

"그래."

무명은 기름불을 들고 고개를 내밀었다.

우물 밑은 깊고 어두워서 잘 보이지 않았다.

하지만 물이 마른 지 오래됐는지 우물 벽이 바싹 말라 있었다.

바닥으로 내려갈 수 있다는 뜻이었다.

무명은 등에 멘 혁낭에서 줄사다리를 꺼냈다.

소행자를 기다리고 있을 때, 한 환관에게 말해서 미리 챙겨 온 것이었다.

그가 우물 옆에 있는 나무에 줄사다리를 단단히 묶었다.

그리고 줄사다리를 우물 안으로 던졌다.

후두두둑. 줄사다리가 흔들리며 어둠 속으로 떨어졌다.

무명은 줄사다리를 타고 우물 밑으로 내려갔다.

바닥은 생각보다 깊지 않았다.

얼마 안 있어 바닥에 발이 닿았다.

우물 물은 말라 있었지만, 바닥은 진흙투성이였다.

무명은 진흙을 옆으로 쓸어내며 뚜껑을 찾았다.

곧 진흙 속에서 참외만 한 크기의 쇠고리가 모습을 드러냈다.

그가 있는 힘을 다해 쇠고리를 잡아당겼다.

네모난 뚜껑이 쇠고리에 딸려서 올라왔다.

끼이이익. 쿵.

무명은 뚜껑을 옆으로 밀어서 활짝 열었다.

그리고 기름불을 들고 아래를 살폈다.

지하로 향하는 돌계단이 어둠 속에서 입을 벌리고 있었다.

그는 생각했다.

'내 추리가 맞았다.'

책장에 세 개의 기관진식 방을 암시하는 서책들이 나란히 꽂혀 있던 것은 우연이 아니었던 것이다.

또한 제목에 개(開), 관(關), 문(門)의 글자가 있는 서책이 지하 감옥으로 가는 출입구를 뜻한다는 사실도 짐작한 대로였다.

그때 소행자가 위에서 말했다.

"장 공공, 그 밑에 무엇이라도 있습니까?"

그의 목소리가 우물 벽에 반사되어 웅웅 울렸다.

무명이 대답했다.

"지하로 내려가는 계단이다."

"설마 거기 내려가시겠다는 건 아니죠?"

"걱정 마라. 잠시 살펴보고 올 테니, 너는 거기서 기다리거라."

"아닙니다! 장 공공께서 가시는데 제가 어찌 혼자 남겠습니까? 저도 가겠습니다."

소행자는 윗사람을 위하는 충심에서인지, 아니면 혼자 남는 게 무서운지 줄사다리를 타고 아래로 내려왔다.

"좋을 대로 하거라."

무명은 말리지 않았다.

혼자보다는 둘이 가는 편이 만일의 사태에 대비하기 쉬울 테니까.

그는 어둠 속으로 이어지는 계단을 내려가기 시작했다.

소행자가 뒤를 따라왔다.

돌로 된 계단은 이끼가 잔뜩 끼어서 미끄러웠다.

둘은 이끼가 적은 곳을 골라 조심해서 발을 디뎠다.

곧 계단은 끝이 나고 일직선으로 뻗은 통로가 나타났다.

무명은 통로 속으로 발을 옮겼다.

통로는 어른 두 명이 나란히 걸으면 어깨가 닿을 만큼 비좁았다.

또한 칠흑같이 어두워서 기름불조차 세 걸음 앞을 밝히지 못했다.

지하 어디인지 알 수 없는 암흑.

들리는 것이라고는 간간히 떨어지는 낙숫물 소리와 둘의 발소리가 전부였다.

저벅, 저벅, 저벅……

소행자가 뒤에서 말을 꺼냈다.

"황궁 밑에 이런 곳이 있었다니, 소인은 꿈에도 몰랐습니다."

"……"

"오늘 일은 나중에 다른 환관한테 얘기해도 아무도 믿지 않을 것입니다."

무명은 침음한 채 생각했다.

'아무도 믿지 않을 일은 아직 시작도 하지 않았다.'

소행자는 한 번 말문이 열리자 끊임없이 말을 걸었다.

무명은 그냥 놔두었다.

사람이 공포를 느끼면 말이 많아지는 법이니까.

"도대체 누가 이런 곳을 만들었을까요?"

"나도 모른다."

"정말 신기하군요. 이곳을 만든 사람은 아무도 이름을 모르는 은거기인일 겁니다."

"그렇겠지."

"저는 황궁에서 십칠 년을 살았지만 이런 지하 굴이 있다는 얘기는 한 번도 듣지 못했습니다. 여기를 찾아낸 사람도 누구인지 기인이 틀림없을 거예요."

"찾아낸 사람은 난데?"

"아! 장 공공이 찾으셨죠. 제가 그만 실수를……."

"괜찮다."

어두운 지하 통로를 걷고 있지만, 대화가 오가니 생각보다 긴장되지 않았다.

차 한 잔 마실 시간이 지났을 때였다.

갑자기 통로가 끝나고 공터가 모습을 드러냈다.

무명과 소행자는 공터로 나왔다.

공터는 그다지 넓지 않았다.

하지만 좁은 통로를 걷다가 공간이 트인 곳으로 나오자 기분이 한결 나았다.

소행자가 어깨를 움츠리며 말했다.

"여기는 몹시 춥네요."

"그렇구나."

통로는 지하답게 습기 차고 후덥지근했다.

하지만 공터로 나오자 이가 부딪칠 만큼 한기가 느껴졌다.

무명은 낙숫물 떨어지는 소리가 들리지 않는다는 것을 깨달았다.

그가 공터의 돌벽에 손을 갖다 댔다.

살갗이 찰싹 붙었다가 떨어졌다.

돌벽은 얼음장처럼 차갑고 냉기가 서려 있었다.

'이러니 낙숫물 떨어지는 소리가 사라졌을 수밖에.'

습기가 몽땅 얼어붙었으니, 낙숫물이 떨어질 리 없었던 것이다.

후덥지근한 지하에 얼음 창고처럼 자리하고 있는 공터.

무명은 마치 팔한지옥(八寒地獄)에 떨어진 듯한 기분이 들었다.

그때 소행자가 공터의 구석진 곳을 가리키며 말했다.

"여기 통로가 더 있습니다!"

무명이 그쪽으로 다가갔다.

어둠 속으로 세 개의 통로가 뻗어 있었다.

공터는 지하 통로가 끝나는 곳이 아니라, 새 통로가 이어지는 갈림길이었던 것이다.

그는 세 통로의 방향을 어림짐작해 보았다.

두 개의 통로는 각각 북(北)과 서(西)로 향하고 있었다.

그리고 중간에 비스듬히 북서(北西) 방향으로 난 통로가 자리했다.

무명이 서쪽 통로로 발을 들이며 말했다.

"일단 이쪽으로 가보자."

"계속 더 가야 합니까?"

"무서우면 먼저 돌아가도 괜찮다."

"아, 아닙니다!"

소행자는 침을 꿀꺽 삼키더니 무명의 뒤를 따라왔다.

통로는 여전히 좁고 어두웠다.

그런데 공터를 떠나자 온도가 금세 높아졌다.

아직 서늘하긴 했지만, 이를 부딪칠 정도의 한기는 어느새 사라져 있었다.

갑자기 통로가 엄(厂) 자 모양으로 꺾어졌다.

무명과 소행자는 모퉁이를 돌았다.

순간 기이한 광경이 눈앞에 모습을 드러냈다.

모퉁이를 돌자 나온 것은 평범한 방이었다.

방에는 네 명이 앉을 만한 크기의 탁자와 의자 네 개가 있었다.

그리고 탁자 위에 작은 기름불이 불타고 있었다.

소행자가 고개를 갸웃거리며 물었다.

"이런 지하에서 사는 사람들이 다 있네요?"

"……"

무명은 대답하지 않고 침음했다. 소행자의 말이 터무니없었기 때문이다.

그때 어디선가 정체를 알 수 없는 소리가 들렸다.

쌔애애액. 키이이익.

망자의 소리였다.

지하에서 사는 사람들?

무명은 소행자의 말을 듣고 싸늘하게 웃었다.

그럴 리가 없지 않은가.

방에는 단지 탁자와 의자만 놓여 있는 게 아니었다.

탁자 위에는 그릇, 숟가락, 젓가락 등이 가지런히 차려져 있었다.

그게 뜻하는 것은 하나였다.

'식사가 시작되려는 참이군.'

지하 깊은 곳의 골방에서 밥상을 차리고 식사를 한다?

모르는 자가 들었다면 별 해괴망측한 일도 다 있다며 소행자처럼 고개를 갸웃거렸을 것이다.

그러나 무명은 방의 주인들이 누구인지 알고 있었다.

때마침 기괴한 소리가 들려오기 시작했다.

쌔애애애액!

소행자가 불안한 눈빛을 하며 물었다.

"장 공공, 들으셨습니까? 이게 무슨 소리죠?"

"쉬잇, 목소리를 줄여라. 지금부터 내 말을 잘 들어라."

"네."

무명은 소행자를 방 한편의 구석으로 데리고 갔다.

"지금부터 말하는 세 가지를 절대 어겨서는 안 된다."

"그게 무엇입니까?"

소행자가 긴장한 얼굴로 침을 꿀꺽 삼켰다.

무명이 손가락을 꼽으면서 설명했다.

"첫째, 내가 신호하면 숨을 멈춰라. 중간에 잠시라도 호흡을 해서는 안 된다."

"알겠습니다."

"둘째, 놀란 표정을 짓지 마라. 긴장하거나 겁먹은 표정을 해서도 안 된다."

"네에……."

소행자의 얼굴에 불안감이 가득 찼다.

무명의 말은 그만큼 기이했다.

"긴장하지 말라고 했지 않느냐? 마음 편히 무표정하게 있어라. 마지막 셋째, 혹시 몸이 긁히거나 상처를 입은 곳은 없느냐?"

"없습니다."

"그럼 됐다. 다시 말하마. 절대 놀라서는 안 된다."

"명심하겠습니다."

소행자가 굳게 마음먹은 얼굴로 고개를 끄덕였다.

하지만 무명은 걱정을 지울 수 없었다.

그는 소행자를 데려온 것을 후회했다.

때는 늦었다.

방에 연결된 다른 통로에서 시커먼 그림자들이 비쳤던 것이다.

"장 공공, 저기……."

"쉬잇!"

무명이 검지를 세워 입에 갖다 댔다.

그리고 크게 심호흡을 한 다음 숨을 멈췄다.

곧 그림자들이 터벅터벅 걸어서 방으로 들어왔다.

그들은 모두 남녀 네 명이었다.

둘은 나이가 지긋한 노부부, 나머지 둘은 이제 막 혼인을 한 젊은 부부로 보였다.

하지만 그럴 리는 없었다.

그들은 하나같이 얼굴에 핏기가 빠져서 푸르뎅뎅했다.

게다가 거동은 줄이 끊어진 인형처럼 딱딱하고 부자연스러웠다.

이미 오래전에 죽었다가 되살아난 시체, 망자였다.

그런데 괴이한 일은 거기에서 멈추지 않았다.

망자들이 탁자 주위에 빙 둘러앉았다.

젊은 여자 시체, 즉 며느리로 보이는 망자가 어디론가 가더니 커다란 통을 들고 왔다.

그리고 통을 기울여서 탁자에 있는 그릇에다 무언가를 쏟았다.

꼭 식사를 준비하는 듯한 장면이었다.

무명은 어떤 사실을 알아차렸다.

'자신들이 이미 죽은 시체라는 것을 모르고 있군.'

그들의 모습은 마치 일터에 나갔다가 저녁 시간에 맞춰 귀가한 다음 단란하게 저녁을 먹는 일가족 같았다.

망자들이 수저를 들고 그릇에 담긴 것을 떠먹기 시작했다.

찰박, 찰박, 찰박.

후루룩, 후루룩, 쩝쩝쩝.

맛있게 식사하는 소리가 이처럼 기분 나쁠 수도 있다는 것을 무명은 처음 깨달았다.

소행자가 의문이 가득 찬 눈으로 무명을 쳐다봤다.

무명은 그가 무슨 말을 하고 싶은지 귓가에 들리는 것 같았다.

'저들이 대체 무엇을 먹고 있는 겁니까?'

무명은 대답할 생각이 없었다.

망자가 옆에 있든 없든 간에.

망자들이 수저로 퍼먹고 있는 것은 검붉은 선지였던 것이다.

방이 어두침침한 게 다행이었다.

소행자가 봤다면 기겁을 하고 놀랐을 테니까.

얼마나 많은 망자가 지하에서 산 자 행세를 하며 도사리고 있을까?

무명은 생각했다.

'더 이상 들어가 보는 것은 무리겠군.'

무명이 소행자를 보고 고갯짓을 했다.

밖으로 나가자는 신호였다.

소행자도 침을 꿀꺽 삼키며 고개를 끄덕였다.

망자를 모르는 소행자였지만, 눈앞의 사람들이 이승의 존재가 아니라는 사실을 느끼고 있었던 것이다.

무명과 소행자는 조심히 몸을 돌려서 방을 나갔다.

망자들은 주위를 신경 쓰지 않고 게걸스럽게 핏물을 퍼먹고 있었다.

둘의 존재를 전혀 눈치채지 못하는 것 같았다.

그런데 둘이 막 방을 나설 때였다.

소행자는 방 한편의 구석에서 누군가 자신을 지켜보는 시선을 깨달았다.

고개를 돌려보니, 어린 여자아이였다.

여자아이가 입을 살짝 벌리고 해맑게 웃었다.

소행자가 무심코 함께 미소 지었다.

순간 여자아이의 턱이 위아래로 벌어졌다.

쩌억!

여자아이의 입속에서 짐승의 것처럼 보이는 두 개의 송곳니가 삐죽 튀어나왔다.

크르르르!

여자아이가 개 짖는 소리를 질렀다.

동시에 검지로 소행자를 가리키며 비명을 질렀다.

"키에에엑!"

탁자에 앉은 네 명이 그 소리를 듣고 일제히 고개를 돌렸다.

여자아이를 포함한 일가족 다섯 명, 아니, 망자 다섯 구가 목을 조르려는 듯이 두 팔을 앞으로 뻗으며 소행자에게 달려들었다.

커어어엉!

소행자는 공포에 질려서 꼼짝 못 한 채 망자들을 쳐다보고 있었다.

무명이 소행자의 손을 붙들고 억지로 잡아당기며 소리쳤다.

"뛰어라!"

무명과 소행자는 몸을 돌려서 통로 속으로 들어갔다.

그리고 뒤도 돌아보지 않고 달리기 시작했다.

망자들이 좁은 통로 안에서 귀곡성을 지르자 귀청이 아팠다.

동시에 그들이 추격해 오는 발소리가 메아리처럼 울려 퍼졌다.

키에에에엑! 탁탁탁탁탁!

무명과 소행자는 정신없이 뛰고 또 뛰었다.

다행히 망자들과의 거리는 좁혀지지 않았다.

그런데 막 통로를 나와서 갈림길이 있는 공터에 도착했을 때였다.

소행자가 발을 헛디디며 바닥에 나동그라졌다.

"아아악!"

그가 넘어지면서 기름불을 놓쳤다.

그러자 바닥에 불길이 확 번지면서 북과 북서쪽으로 난 통로를 대낮처럼 밝혔다.

순간 무명은·이를 악물며 신음했다.

어느새 두 개의 통로에서 수십 명이 넘는 망자가 미친 듯이 달려오고 있었던 것이다.

게다가 소행자는 팔꿈치와 무릎이 까져서 피를 흘리고 있었다.

피 냄새를 맡은 망자들…….

지옥 끝까지라도 쫓아올 것이다.

무명은 망연자실하며 생각했다.

'소행자를 데리고 도망쳐야 되나? 아니면……'

무명이 결정을 내리지 못하고 있을 때, 수십 명이 넘는 망자들이 통로 세 곳에서 공터로 쏟아져 나왔다.

무명은 고개를 저었다.

'틀렸군.'

그는 바닥에 쓰러진 소행자에게 눈빛을 한 번 보냈다.

그리고 미련 없이 몸을 돌렸다.

등 뒤에서 소행자의 비명이 들렸다.

"으아아아아……."

그런데 무언가 이상했다.

비명 소리가 계속 이어지거나 중간에 멈추지 않고 조금씩 사그라드는 것이 아닌가?

망자들이 덮쳐서 몸에 이빨이 박히고 있을 텐데 비명을 멈추다니?

무명은 고개를 돌렸다.

순간 눈앞에 기이한 광경이 펼쳐졌다.

미친 듯이 달려오던 망자들이 공터 바로 앞에서 발을 멈췄던 것이다.

망자들은 계속해서 꾸역꾸역 몰려들었다.

하지만 맨 앞에 선 망자들이 공터로 발을 들이지 않자, 무리는 한데 뭉쳐서 아수라장이 되었다.

키에에에엑!

통로는 발을 멈춘 망자와 뒤에서 밀치는 망자로 병목현상을 일으켰다.

하지만 그들은 마치 중간에 결계가 쳐진 것처럼 통로와 공터의 경계를 넘지 못했다.

무명은 영문을 알 수 없었다.

'이곳에 망자가 꺼리는 무언가가 있다. 그게 무엇일까?'

그러는 사이 소행자가 몸을 일으켰다.

"장 공공……."

그는 넘어질 때 다쳤는지 한쪽 발을 심하게 절뚝거렸다.

무명은 기름불을 내던지고 소행자에게 갔다.

그리고 그의 허리를 부둥켜안은 채 뒤로 돌아서 달렸다.

뒤를 돌아볼 여유 따위는 없었다.

망자들이 공터에 발이 묶인 것은 사실이었다.

하지만 언제 공터의 결계를 뚫고 추적해 올지, 또는 생각지도 못한 다른 곳에서 망자가 튀어나올지 알 수 없었다.

어느새 통로가 끝나고 돌계단이 나왔다.

무명은 소행자를 안은 채 계단을 뛰어 올라갔다.

한참을 내려왔던 계단이다.

그러나 지금 무명은 단숨에 계단을 끝까지 올라갔다.

둘은 계단을 나와서 우물 바닥에 발을 올렸다.

무명이 있는 힘을 다해 뚜껑을 닫았다.

쿠웅. 지옥으로 향하는 출입구가 닫혔다.

그제야 둘은 안도하며 한숨을 쉬었다.

"허억, 허억……."

소행자는 발을 다치고 기력이 다했는지 넋이 나간 얼굴이었다.

화원 우물 밑에 아무도 모르는 비처(秘處)가 숨겨져 있다.

누가 들었다면 터무니없는 기사라고 비웃었을 일.

하지만 비처 속에는 더욱 말도 안 되는 지옥도가 펼쳐져 있었던 것이다.

소행자가 얼이 빠진 것도 당연했다.

곧 소행자가 정신을 차리고 말했다.

"제가 그만 실수를… 죄송합니다."

"아니다. 위험한 곳에 데려간 내 잘못이다."

둘은 우물 위로 올라갔다.

그리고 줄사다리를 챙긴 뒤 화원의 문으로 향했다.

꾸벅꾸벅 졸던 금위군 둘이 무명과 소행자를 반겼다.

"이제야 오시오? 고생하셨소."

"……."

무명과 소행자는 아무 말 없이 허리를 숙이고 화원을 나섰다.

금위군들이 어리둥절한 눈을 하고 어둠 속으로 사라지는 두 환관을 바라봤다.

"저치들 왜 저래? 벼락출세했다고 위세 떠나?"

"그래도 은자를 두둑이 챙겼지 않은가? 신경 끄세나."

무명과 소행자는 한마디 말도 없이 걸음을 옮겼다.

그리고 무명의 처소로 돌아왔다.

무명은 소행자를 환관 숙소까지 바래다주려고 했다.

하지만 소행자는 한사코 고개를 저으며 거절했다.

"아닙니다, 장 공공. 피곤하실 테니 얼른 쉬십시오."

"알았다. 혹시라도 다른 자한테 오늘 일을 얘기해서는 안 된다."

"잘 알겠습니다."

소행자는 반납할 줄사다리를 건네받은 뒤 허리를 꾸벅 숙였다.

그리고 힘없는 발걸음으로 숙소로 돌아갔다.

어둠 속으로 사라지는 소행자의 등이 유난히 좁아 보였다.

어린 나이에 환관이 되어 평생 황궁에서 지낸 소행자.

환관 생활은 고되었겠지만, 오늘 밤처럼 목숨이 위험했던 적은 없었으리라.

무명은 미안한 마음을 감출 수 없었다.

"그냥 혼자 갈 걸 그랬나?"

다시 생각해 보니, 굳이 소행자를 부를 이유가 없었다.

당연한 일이었다.

망자를 모르는 소행자가 세 가지 주의를 철저히 지킨다는 것은 애초에 무리였다.

또한 지하 감옥의 존재는 아는 이가 적으면 적을수록 좋았다.

그렇다면 왜 소행자를 불러서 동행한 것일까?

문득 뇌리에 스치는 생각이 있었다.

"혹시 소행자를 미끼로 삼으려던 생각이었나?"

일이 잘못 틀어지면 소행자를 망자에게 떠넘긴다.

그리고 망자들이 소행자를 잡아먹는 틈을 타서 도망친다.

무명은 헛웃음을 지었다.

"설마 내가 그렇게까지……."

그때 또 다른 생각이 스쳐 지나갔다.

공터에서 소행자가 발을 헛디뎌서 넘어졌을 때, 그를 구하는 것은 늦었다고 여기고 미련 없이 몸을 돌리지 않았던가?

"……."

무명은 자신의 어두운 모습에 소름이 끼쳤다.

절체절명의 위기에 처하면 온갖 심계와 임기응변의 방책을 써서 탈출한다.

그러나 목적 이외의 것은 관심을 두지 않는다.

"이래서야 사대악인, 아니, 강호제일악인 이강과 다를 게 없군."

쓸쓸하고, 허무했다.

그러나 여기서 멈출 수는 없었다.

망자비서는 지하 감옥 어딘가에 있을 것이다.

혼자 힘으로 망자들이 득시글거리는 지하 감옥에 잠행해서 망자비서를 찾는 것은 불가능하리라.

무명은 결심했다.

"무림맹의 힘을 빌리자."

망자 멸절 계획을 위해. 잃어버린 기억을 되찾기 위해.

7장.

지하 감옥 잠행 준비

다음 날.

무명은 이강과 창천일조 일행이 묵고 있는 객잔을 찾아갔다.

객잔은 도성에서 멀리 떨어진 외곽에 있어서 가는 데 한 시진이 넘게 걸렸다.

또한 삼 층짜리 건물은 낡고 허름해서 명문정파의 후기지수가 지내는 장소라고 하기에는 격이 떨어졌다.

돈과 연줄이 없는 삼류무사나 묵을 곳이었다.

아니나 다를까, 이강은 무명을 보자 불평부터 늘어놓았다.

"서생 놈, 얼굴에 살이 올랐군."

"뭐가 그리 불만이오?"

"보면 모르냐? 네놈이 황궁에서 솜옷 입고 쌀밥 먹고 있을 때 우리는 이런 시궁창에서 뒹굴고 있단 말이다."

"그렇게 부러우면 당신도 환관이 되면 그만 아니오? 내가 소개해 주겠소."

"사양하지. 두 눈도 없는데 양물까지 없어서야 되겠냐?"

"그것도 그렇군."

장청과 당호가 방에서 나오며 무명에게 인사를 했다.

무명의 심계와 임기응변 수법을 익히 알고 있는 그들은 이제 무명을 평범한 서생이 아니라 한 명의 강호인으로 인정하고 있었다.

"오셨습니까."

당호가 목례를 하더니, 이강을 보며 말했다.

"그만 좀 투덜대시죠? 불편한 건 저희도 마찬가지입니다."

"손님 대접이 고작 이 모양이니, 무림맹의 위세가 땅에 떨어지는 것도 당연하지."

"무림맹이라고 황금이 물처럼 흐르지는 않습니다."

"남궁세가한테 한자리 내어줬으면 은자 걱정은 안 해도 됐을 거다."

"창천칠조에 남궁유 소저가 있지 않습니까?"

"그깟 창천칠조 따위에 남궁세가가 만족하겠냐? 이왕 줄 거면 맹주 정도는 되어야지."

"소림 방장님이 이미 맹주님이신데, 맹주 자리를 또 어떻게 줍니까?"

"자리야 만들면 되지. 네놈들 명문정파가 잘하는 게 그거 아니냐?"

"말도 안 되는군요."

무명은 어이없어서 둘을 지켜봤다.

한 명은 강호제일악인을 자처하는 자.

한 명은 독과 암기로 강호를 공포에 떨게 하는 사천당문의 후기지수.

하지만 둘의 대화는 강호의 삼류무사들만도 못한 것이었다.

장청이 무명에게 물었다.

"무슨 일로 오셨소?"

"맹주님에게 서신을 보내려고 하오."

그 말이 관심을 끌었는지 이강과 당호가 말을 멈췄다.

"어떤 서신입니까?"

무명은 잠깐 생각을 정리한 다음 말했다.

"황궁 지하의 망자 소굴에 찾는 물건이 있다. 그렇게 전해주시오."

"찾는 물건? 그게 뭐죠?"

"맹주님께 직접 물어보시오."

"또 비밀이군요. 알겠습니다. 전서구를 준비하죠."

그때 이강이 끼어들었다.

"전서구에 실을 서신에 한마디 덧붙여라."

"객잔 좀 비싼 데 묵게 해달라고요?"

당호가 비아냥거렸다.

그런데 이어지는 이강의 말이 뜻밖이었다.

"흑랑성의 재판이 되지 않게 잠행조를 철저히 준비하라고 써라."

"……!"

무명은 물론, 장청과 당호도 놀란 눈으로 서로를 돌아봤다.

흑랑성 얘기만 나오면 날카롭게 반응하던 이강.

그런 그가 자기 입으로 흑랑성을 언급한 것이다.

잠행했다가 살아나온 사람이 아무도 없다는 흑랑성.

이강이 황궁 밑의 망자 소굴을 흑랑성과 비교하자, 분위기가 대번에 싸늘해졌다.

"단단히 준비해야 될 거다. 그때는 잠행 전문가라도 있었지, 지금은 지 잘난 줄만 아는 애송이들뿐이니까."

"당문도 잠행은 좀 합니다. 제갈세가도 빠진다면 섭섭해할 테고요."

당호의 말에 이강이 킬킬거리며 대꾸했다.

"사천당문과 제갈세가? 두 곳의 헛똑똑이 백 명을 모아놔도 흑랑성 뇌옥 십사 호에 갇혀 있던 놈의 발가락만 못할 거다."

"지금 당문을 우습게 보시는 겁니까?"

안 그래도 가느다란 당호의 눈이 더욱 길게 늘어졌다.

무명은 그의 목소리에 살기가 서려 있는 것을 느꼈다.

'이자는 사문의 일이 걸리면 이성을 잃는군.'

항상 웃는 눈을 하고 있는 당호.

무명은 그런 당호에게도 건드려서는 안 되는 역린이 있다는 것을 깨달았다.

분위기가 험악해지자 장청이 끼어들었다.

"당호, 그만하고 전서구나 준비하자."

"…분부대로 하죠."

장청과 당호가 전서구를 보내기 위해 방을 나갔다.

무명은 이강이 언급한 자가 어떤 기인이사인지 궁금했다.

"잠행 전문가가 누구였기에 사천당문과 제갈세가도 못 미친다고 한 것이오?"

그런데 이강의 대답은 예상외의 것이었다.

"망해가는 표국의 국주였다."

"유명 문파 사람이 아니라 한낱 표국의 국주였다고? 게다가 망해가는?"

"그래."

무명은 이강이 또 장난질을 하는가 싶었다.

하지만 이어지는 그의 목소리는 진지했다.

"명문정파 놈들은 지켜야 될 것도, 욕심내는 것도 많게 마련이다. 알량한 대의명분에 목숨을 걸어야 되지, 남을 찍어 누르기 위해서 무공비급도 챙겨야 되지. 그러나 쫄딱 망해서 봉문을 하려던 표국의 국주는 단지 한 가지만 원했다."

"그게 무엇이오?"

"살아서 탈출하는 것이다."

"……"

무명은 그 말에 고개를 끄덕일 수밖에 없었다.

그는 먼저 기관진식 방 세 개를 연이어 파훼하고 탈출에 성공했다.

그러나 세 번 모두 죽을 고비를 아슬아슬하게 넘겼다고 해야 옳았다.

책가도에 따르면 황궁 지하에는 그런 기관진식 방이 총 삼백육십오 개가 있었다.

살아서 탈출하는 것.

이번 잠행의 가장 중요한 목표가 되리라.

설령 망자비서를 손에 넣는다고 할지라도 목숨을 잃는다면 아무 소용이 없지 않은가?

무명의 생각을 읽었는지 이강이 말했다.

"이번에 모든 자가 살아 나오긴 힘들 거다. 몽땅 뒈질 수도 있겠지. 하지만 아무렴 어때? 어차피 한 번 죽으면 그만인데."

"죽지도 못한 채 망자가 되어 영원히 구천지하를 떠돌 수도 있소."

"그건 확실히 좋지 않군, 후후후."

이강의 웃음소리는 여전히 기분 나쁘게 들렸다.

무명은 소림사에서 답신이 도착하면 다시 객잔에 오기로 했다.

그는 일행과 인사를 나눈 뒤 객잔을 떠나 황궁으로 돌아왔다.

무명이 이강, 장청, 당호를 만나고 온 지 어느새 며칠이 지났다.

그런데 객잔에서 좀처럼 연락이 오지 않았다.

무명은 어찌 된 사정인지 궁금했다.

'소림 방장과 제갈성, 둘 다 결정을 미루고 시간을 끌 인물은 아닐 텐데?'

무작정 기다리고 있을 수는 없었다.

그는 지하 감옥 잠행을 위한 준비를 해나갔다.

가장 중요한 것은 책가도를 완벽하게 이해하는 것이었다.

'단순히 암기하는 것으로는 부족하다.'

무명은 서책 한 권, 한 권의 제목을 따져보고, 그곳에 어떤 기관진식이 존재할지 미리 추측했다.

또한 출입구를 통해서 길이 어떻게 연결되는지 검토했다.

물론 모든 사항은 빠짐없이 암기했다.

삼백육십오 권의 서책 제목과 순서는 하루가 지날수록 무명의 머릿속에 완벽하게 자리 잡았다.

꿈에서도 제목을 웅얼거리며 잠꼬대를 할 정도였다.

객잔에서 돌아온 뒤 보름이 지났을 때였다.

아침 일찍 세숫물을 갖고 온 소행자가 고개를 갸웃거리며 서신을 건넸다.

"장 공공, 웬 서신이 왔는데 보낸 사람 이름이 없습니다."

"이리 주거라. 수고했다."

무명이 서신을 받아서 펼쳤다. 내용은 간단했다.

'금일 오시에 대명각으로 오시오.'

드디어 기다리던 무림맹의 연락이 온 것이었다.

무명이 소행자에게 말했다.

"외출할 테니 가림막이 있는 가마를 준비해라."

"알겠습니다."

소행자가 바쁘게 밖으로 뛰어나갔다.

대명각(大明閣)은 이름난 고급 주루였다.

특히 손님이 얼굴을 보이지 않은 채 드나들 수 있어서 고관대작이 은밀한 모임을 갖고 뇌물을 건네는 곳으로 유명했다.

때문에 무명은 말 대신 가마를 준비하라고 명한 것이었다.

무명이 피식 웃으며 중얼거렸다.

"소원대로 좋은 숙소에 묵으셨군."

이강은 분명 비싼 곳으로 처소를 옮기자고 장청과 당호를 졸랐을 것이다.

곧 소행자가 가마를 대령했다.

가마는 딱 한 사람이 탈 수 있는 크기였다.

그러나 조그만 칸에 휘장을 열고 들어가 앉기 때문에 가림막의 기능은 충분했다.

무명이 바라던 실용적인 가마였다.

만약 왕직을 시켰다면 쓸데없이 화려한 가마를 준비해서 무명을 피곤하게 만들었으리라.

무명이 자리에 앉자, 일꾼 두 명이 가마를 들었다.

"장 공공, 조심히 다녀오십시오."

"오냐."

일꾼들이 황궁을 나서서 거리를 달리기 시작했다.

그들의 걸음은 보폭이 일정해서 몸이 조금도 흔들리지 않고 편안했다.

'이래서 지체 높은 고관대작이 가마를 애용하는 것이군.'

밥 한 끼 먹을 시간이 지났을 때, 가마가 대명각에 도착했다.

무명이 가마에서 내리자 점소이가 와서 물었다.

"혹시 푸른 하늘을 벗 삼는 모임 분이십니까?"

"그렇소."

무명은 고개를 끄덕이며 생각했다.

'푸른 하늘, 즉 창천(蒼天)이다.

창천칠조가 비밀리에 회동하고자 수를 썼군.'

하지만 강호에는 듣는 귀가 많은 법이다. 무명은 고작 푸른 하늘 운운하는 것으로는 수많은 세작들의 눈을 속일 수 없다고 여겼다.

그는 점소이를 따라 몇 번씩 계단을 오르고 복도를 걸었다. 건물 깊숙한 곳에 이르러서야 점소이가 발을 멈추고 방문을 열었다.

"좋은 시간 되십시오."

무명은 문을 넘어서 방으로 들어갔다.

순간, 웬만한 일에는 놀라지 않는 그가 두 눈을 크게 뜨며 방 안을 쳐다봤다.

그곳에는 무려 아홉 명의 남녀가 이미 자리하고 있었던 것이다.

그중 일곱 명은 무명이 익히 아는 얼굴이었다.

강호제일악인 이강.

숭산파 장청.

사천당문 당호.

곤륜파 송연화.

네 명은 쭉 북경에 있었으니, 오늘 회동에 참석하는 것은 당연했다.

또한 멀리 떨어진 곳에 있다던 두 명도 기별을 받고 급히 상경한 것 같았다.

점창파 정영, 남궁세가의 여식이자 아미파의 속가제자인 남궁유였다.

반면 처음 보는 얼굴이 두 명 있었다.

한 명은 키가 남들보다 머리 하나는 더 크고 기골이 장대한 승려였다.

그는 삭발한 이마에 계인을 찍었으며, 황금색 장삼과 붉은 가사를 걸치고 있었다.

그런데 승려는 가사 자락으로 상반신의 왼편만 가리고 있는 것이었다.

무명은 생각했다.

'소림사의 승려로군.'

소림승은 달마 대사의 제자인 혜가를 기리기 위해 가사를 몸 왼쪽에 걸치는 전통이 있었다.

무명은 그가 정영, 남궁유와 함께 개봉에서 망자 세력을 조사했다는 소림사 십팔나한 중 한 명이 아닐까 하고 짐작했다.

다른 한 명은 여인처럼 흰 얼굴에다 일자로 길게 턱수염을 기른 문사였다.

그는 머리에 윤건(綸巾)을 쓰고 백의를 걸쳤는데, 도검을 쓰는 강호인이라기보다는 과거에 급제해서 황상을 보위하는 재상의 기백이 느껴졌다.

무명이 책만 읽은 나약한 서생 같은 외모라면, 눈앞의 인물은 학문에 통달한 문사의 풍모를 지니고 있었다.

소림승과 문사.

무림맹이 이번 잠행을 위해 특별히 선발한 인물일 것이다.

그리고 마지막 한 명.

초면은 아니나, 차라리 몰랐으면 좋았을 인물이 있었다.

"하하하하! 땡전 한 푼 없는 무림맹에서 웬일로 비싼 장소를 잡으셨나? 하긴, 이 인원이 다 모이려면 대명각쯤은 되어야겠지? 하하하하!"

귀청이 따갑도록 시끄럽게 웃어젖히는 방약무인한 도사.

다름 아닌 전진교 마지일이었다.

그의 말은 무례했지만, 무명은 내심 동감했다.

'이강이 졸라서 숙소를 옮긴 게 아니었군.'

죽은 악척산을 제외하면 창천칠조 전원이 모였다.

그들만 해도 여섯이다.

거기에 소림승과 문사를 더하면 여덟. 마지막으로 무명과 이강을 더하면 모두 열 명이 되는 대인원이 한자리에 모인 것이다.

회동 장소를 크고 비밀스러운 곳으로 정한 것은 당연한 처사였다.

그런데 미꾸라지 한 마리가 계속해서 분위기를 망쳤다.

"이 큰 주루에 기녀 한 명 없나? 점소이 뭐 해? 계집들 들여보내!"

"마지일, 적당히 해라."

장청이 막자, 마지일은 시정잡배처럼 오히려 성을 냈다.

"막 꼬신 계집이랑 방사를 치르려다가 부리나케 달려왔는데 기녀 하나 못 품는다고? 대체 바쁘신 몸은 왜 부른 거냐?"

마지일은 검이라도 뽑을 것처럼 기세가 흉흉했다.

그때였다.

"바쁘신 몸 부른 것은 장청이 아니라 나다."

"넌 또 뭐야……."

고개를 획 돌리던 마지일이 뜨끔한 얼굴로 말을 삼켰다.

그가 바닥에 엎드리며 소리쳤다.

"제자가 그만 실수했습니다!"

"알고 있으니 다행이군."

버릇없는 망아지처럼 날뛰는 마지일의 얼굴을 창백하게 만든 인물.

그는 무림맹의 부맹주인 옥면서생 제갈성이었다.

방문 앞에 은사모(銀絲帽)를 쓰고 있어서 얼굴이 보이지 않는 서생이 서 있었다.

강호에서 진면목을 본 사람이 열 명도 안 된다는 기인이
사.

그는 제갈세가의 일공자이며 현 무림맹의 부맹주인 옥면서
생 제갈성이었다.

창천칠조와 문사가 한쪽 무릎을 꿇고 고개를 숙이며 소리
쳤다.

"제자들이 부맹주님을 뵙습니다!"

무명도 정중히 포권지례를 했다.

소림승은 소림사 특유의 인사법인 오른손만 드는 반장으로
예를 표했다.

그런데 마지일보다 더 방약무인한 자가 있었다.

바로 이강이었다.

그가 팔짱을 낀 채 상반신을 벽에 기대는 것도 모자라 피
식 웃으며 말했다.

"부맹주까지 납시다니, 무림맹이 제대로 똥줄이 탔군."

방 안 분위기가 차갑게 얼어붙었다.

누군가가 침을 꿀꺽 삼키는 소리가 들렸다.

제갈성이 이강을 향해 스윽 고개를 돌렸다.

"맹주님이 아니라 내가 온 것을 다행으로 여기시오."

"왜? 소림 땡초가 하산하면 무슨 큰일이라도 생기나?"

"그렇소."

제갈성의 목소리는 어느새 싸늘하게 식어 있었다.

"맹주님은 중원에서 망자를 몰아낸 뒤 강호의 평화를 위협하는 무리를 모두 잡아들여 소림사 참회동에 가둘 계획이시오. 지금은 무림맹의 비호를 받고 있지만, 계속해서 악행을 저지르면 당신도 그 명단에 오르지 않을까?"

그 말에 방 안은 냉랭하다 못해 쥐 죽은 소리도 나지 않았다.

소림사의 참회동(懺悔洞).

참회동은 소림사 북쪽 절벽에 뚫려 있는 수많은 암굴을 통칭해서 일컫는 말이었다.

소림사의 노승은 천수가 다하는 것을 느끼면 참회동으로 들어간다.

그곳에서 평생 공부한 불법을 되새기며 참선을 통해 입적, 즉 불가의 죽음을 준비하는 것이다.

그런데 언제부터인가 참회동은 강호인들에게 공포의 장소가 되었다.

소림사가 계율을 어긴 승려나 살행으로 중원을 어지럽힌 악인을 잡아다가 참회동에 가두었기 때문이다.

참회동은 평범한 암굴일 뿐, 창살이 있는 감옥은 아니었다.

그러나 참회동 입구 바로 앞에는 소림사 사대금강(四大金剛)의 거처가 있었다.

또한 그곳을 지나면 십팔나한(十八羅漢)의 처소인 나한당이 자리했다.

만약 누군가가 참회동을 탈출하려 한다면 소림사의 최고 고수 스물두 명을 차례로 무릎 꿇려야 하는 것이다.

때문에 강호인들은 참회동을 나오는 방법은 두 가지밖에 없다고 말했다.

하나는 참선에 참선을 거듭하여 열반에 드는 것.

다른 하나는 절벽 아래로 뛰어내려 우화등선하는 것.

두 가지 방법 모두 혼백이 육신을 떠나야 한다.

즉, 죽지 않고는 참회동을 나갈 수 없다는 뜻이었다.

한 번 들어가면 살아서 다시 나올 수 없다는 참회동.

악행을 일삼는 흑도 무리나 흉포한 마두도 참회동이란 말에는 얼굴빛이 창백해졌다.

하지만 이강은 눈 한 번 깜빡이지 않고 대꾸하는 것이었다.

"소림사가 죽을 자리를 마련해 준다니, 말석이나마 꼭 끼고 싶군."

"맹주님께 그리 말씀드리지."

언뜻 담담하게 들리는 이강과 제갈성의 대화.

그러나 둘의 안광은 허공에서 교차해서 불꽃을 튀겼다.

숨 막히는 시간이 얼마나 흘렀을까.

먼저 시선을 돌린 자는 이강이었다.

그가 창천칠조 일행을 돌아보며 말했다.

"네놈들도 부디 몸조심해라."

"우리는 당신과 같은 악인이 아니오. 참회동에 갈 일은 없을 것이오."

장청이 대답했다.

그런데 이어지는 이강의 말은 뜻밖이었다.

"참회동 말고 황궁 밑의 지하 감옥 얘기다."

"무슨 소리요?"

"거기는 기관진식 함정은 물론, 수백수천이 넘는 망자들이 우글거리는 곳이다. 한 번 들어가면 다시는 못 나올지도 모른다. 참호동에서 늙어 죽든, 지하 감옥에서 망자가 되어 떠돌든 마찬가지가 아니냐?"

"……."

장청과 다른 자들은 굳은 얼굴로 침음했다.

이강의 말이 겁을 주려는 허세로 들리지 않았기 때문이다.

"그만하면 됐소."

제갈성이 끼어들었다.

"오늘 모인 것도 그래서요. 지금부터 철저히 잠행을 준비할 테니, 도움이 되는 말이 아니면 삼가시오."

"알았다. 악당은 그만 입을 닥쳐주지, 후후후."

제갈성이 방에 있는 긴 탁자의 상석에 앉으며 말했다.

"서 있는 사람은 자리에 앉아라."

무림 명숙이 동석을 허가하자 다들 고개를 숙이며 탁자 주위에 둘러앉았다.

그런데 마지일이 탁자로 다가왔을 때였다.

"네가 왜 앉지?"

"네? 방금 앉으라고 하명하셨지 않습니까?"

"나는 서 있는 사람은 앉으라고 했다. 한데 너는 줄곧 엎드려 있지 않았느냐?"

제갈성의 말이 의표를 찌르자 마지일은 어안이 벙벙해서 말을 더듬었다.

"그, 그럼 제자는 어떻게……."

"마침 앉을 의자도 없군. 그냥 서 있어라."

"네……."

방 안에는 인원에 맞게 열 개의 의자가 준비되어 있었다.

그런데 제갈성이 뒤늦게 등장하는 바람에 의자가 하나 부족해진 것이었다.

결국 마지일은 혼자서 멀뚱히 서 있어야 했다.

시정잡배처럼 행패를 부리던 그가 무림 명숙에게 혼쭐이 나자, 다들 내색은 안 했지만 속으로 흐뭇해했다.

제갈성이 말했다.

"진문(眞問), 윤(允)아야. 처음 보는 자들이 있을 테니 인사해라."

그가 언급한 자들은 무명과 이강이 처음 보는 소림승과 문사였다.

법명이 진문인 소림승이 반장을 하며 말했다.

"아미타불. 소림사 나한당에 있는 진문이오."

그는 기골이 장대한 외모와 달리 목소리가 차분하고 담담했다.

또한 안광을 뿜어내기는커녕 부드럽기만 한 눈빛은 무승(武僧)이라기보다 학승(學僧) 쪽이 어울려 보였다.

무명과 이강이 답을 했다.

"무명이라 하오."

"이강이다. 내 얘기는 소림 땡초라면 다들 알고 있겠지."

"물론이오. 덕분에 사형께서 입적하셨으니, 사형을 대신해서 감사드리겠소."

"웃기는군. 꿈보다 해몽이 좋다더니."

이강이 피식 웃으며 말을 뱉었다.

무명은 둘의 대화가 기이하다고 느꼈다.

문득 소림사에서의 일이 떠올랐다.

그때 방장실을 호위하던 무승이 이강을 알아본 뒤 분노에 몸을 떨지 않았던가.

'자세한 사정은 몰라도 나한당 무승들의 사형이 이강 때문에 죽은 게 틀림없군.'

겉으로는 학승 같은 분위기를 풍기는 진문.

하지만 무명은 진문이 언젠가는 이강에게 분노를 터뜨릴 거라고 생각했다.

'이 둘을 같은 잠행조에 넣는 게 과연 잘하는 일일까?'

그렇다면 잠행조는 심지에 불이 붙은 폭탄을 안고 있는 것과 마찬가지일 것이다.

다음 차례는 문사였다.

"제갈세가의 제갈윤(諸葛允)이오."

그는 무명과 이강을 제대로 쳐다보지도 않고 살짝 목례를 하더니, 얼른 고개를 돌려 버리는 것이었다.

'혹도 무리와 함께 일을 도모하는 것을 못마땅하게 여기는군.'

약관을 막 넘은 나이.

게다가 강호에서 위세를 떨치는 제갈세가의 자제.

무명은 기분이 좋지 않았으나, 제갈윤의 심사도 이해가 됐다.

그런데 제갈윤이 삐딱한 이유는 따로 있었다.

그가 무명에게 말을 걸었다.

"당신이 이름이 없는 게 이름이라는 자, 무명이오?"

"그렇소."

"기관진식 풀이에 대단히 뛰어나다고 들었소. 이번 잠행에 큰 기대를 하고 있으니, 부디 실망시키지 마시오."

"……."

무명은 대답 없이 침음했다.

제갈윤의 속마음이 뻔히 보였기 때문이다.

제갈세가는 삼국시대 촉나라의 명재상이었던 제갈량의 후손이다.

제갈량은 지략이 뛰어나고 박학다식하여 수많은 진법과 기물을 발명한 것으로 유명했다.

그의 혈통을 이어받은 제갈세가는 대대로 수많은 기인이사를 배출했다.

강호인은 문무(文武)를 겸비한 제갈세가의 인물을 '신기제갈(神機諸葛)'이라는 별명으로 불렀다.

그런데 이름 없는 서생이 기관진식을 파훼한 일로 무림맹의 손님처럼 떠받들여지자, 제갈윤은 심사가 좋지 못했던 것이다.

무명은 생각했다.

'기관진식은 승부가 아니라, 힘을 합쳐서 풀어야 하는 수수께끼다.'

이강을 포함한 강호 사대악인조차 무명을 도와 기관진식을 파훼하기 위해 머리를 모으지 않았던가?

하지만 제갈윤의 생각은 다른 것 같았다.

'이자와는 분명 지하 감옥에서 의견 충돌이 있겠군.'

무명은 왠지 예감이 좋지 않았다.

소림 방장 무혜와 제갈성이 잠행을 위해 불렀을 거라 예상되는 새 인물들.

그러나 그 둘과의 첫 만남은 힘이 되기보다 긴장감만 더할 뿐이었다.

무명이 생각에 잠겨 있을 때, 제갈성이 말했다.

"무명, 오늘 모인 이유를 말하게."

무명을 제외한 열 명의 시선, 스무 개의 눈동자가 만들어내는 눈빛이 무명에게 집중됐다.

무명은 사람들을 한차례 둘러본 뒤 입을 열었다.

"황궁 밑의 지하에 망자들의 소굴이 있소."

그 말에 분위기가 대번에 바뀌었다. 조금 전까지 제갈성의 등장으로 딱딱하게 얼어붙어 있었다면, 갑자기 설명할 수 없는 긴장감과 열기가 피어났다.

무명이 설명을 계속했다.

"만약 혹도 무리의 본거지 같은 곳을 상상한다면, 틀렸소. 황궁 지하는 평범한 망자 소굴이 아니라 복잡하게 동혈이 얽힌 미로 같은 곳이오. 게다가 기관진식 함정이 설치된 방이 곳곳에 즐비하오. 아마도 전체 넓이는 황궁보다 클 것이오."

이강이 한마디 덧붙였다.

"말 그대로 지하 감옥이지."

제갈성을 제외한 다른 자들의 눈빛이 점점 이채를 뿜기 시작했다.

하지만 그들 중 누구도 감히 무명에게 질문을 건네지 못했다.

무림맹의 최고 어른인 제갈성이 한자리에 있기 때문이었다.

제갈성이 물었다.

"그걸 어떻게 알아냈지?"

"황궁 서고에서 어느 서책을 보고 알았소."

무명은 책가도, 즉 서책들의 제목과 배치에 대한 얘기는 슬쩍 빼고 대답했다.

"서책에는 지하 감옥에 있는 방과 연결도가 기록되어 있었소. 무림맹주의 명에 따라 황궁에서 잠행하는 중에 알아낸 것이오."

"그렇군."

제갈성이라면 어딘가 의심할 구석이 있는 대답이었다.

하지만 그는 더 캐묻지 않고 고개를 끄덕였다.

무명이 책가도를 언급하지 않은 것은 정체 모를 그림자 때문이었다.

'청일을 죽인 그림자가 책장을 갖고 있을지 모른다. 책장 자체가 지도라는 사실을 밝혀서는 안 된다.'

이강 역시 무명의 생각을 읽었는지 아무 말도 꺼내지 않았다.

그때 장청이 입을 열었다.

"제자, 궁금한 것이 있습니다."

"말해라."

"부맹주님은 지난 보름 동안 창천칠조에게 잠행 준비를 명하셨습니다. 한데 망자 소굴에 굳이 잠행할 이유가 무엇입니까? 그냥 망자들을 소탕하면 되지 않습니까?"

당호가 참지 못하겠는지 끼어들었다.

"맞습니다. 당문에서 화공(火攻)과 시독(屍毒)을 쓰면 망자 박멸쯤은 충분히 가능합니다."

그런데 둘의 질문에 대답한 것은 제갈성이 아니었다.

"지하 감옥에 무림맹에서 찾는 물건이 있소."

입을 연 자는 무명이었다.

무명은 계속해서 지하 감옥의 비밀을 얘기하려 했다.

그때였다.

'망자비서의 존재를 함부로 말하지 말게.'

머릿속에 한 줄기 음성이 울려 퍼졌다.

마치 옥구슬이 굴러가는 것처럼 낭랑하면서도 기백이 담긴 목소리.

제갈성이 무명에게 전음을 보낸 것이었다.

[말씀한 뜻은 잘 알겠소. 하지만.]

무명이 전음으로 대답했다.

[이들과 지하 감옥을 잠행한다면 서로에게 한 치의 의심도 없어야 하오. 목숨을 맡겨야 할 동료니까 말이오.]

[…….]

[더 이상 숨길 수는 없소. 아니면 나는 잠행에서 빠지겠소.]

제갈성은 생각을 하는지 잠시 침음했다.

곧 그가 무명을 대신해서 말했다.

"지하 감옥에 망자비서가 있다. 이번 잠행은 망자비서를 찾기 위해서다."

"......!"

방 안이 시장 바닥처럼 시끄러워졌다.

부맹주가 상석에 있었지만, 다들 그를 신경 쓰지 못한 채 옆 사람과 망자비서에 대해 아는 것을 떠들었다.

제갈성도 그들을 탓할 생각이 없는 것 같았다.

무명은 그들을 보며 생각했다.

'또 한판의 도박이 시작됐군.'

문제는 이번 도박은 성공해도 어떤 결과가 나올지 예측이 불가능하다는 것이었다.

하지만 실패할 경우는 둘 중 하나였다.

'죽든가, 망자가 되든가.'

제갈성의 한마디에 조용하던 분위기가 요동쳤다.

"이번 잠행의 목적은 망자비서를 얻기 위함이다."

탁자에 앉은 자들은 서로 얼굴을 마주 보며 망자비서에 대해 얘기했다.

아무 말 없이 침묵을 지키는 자는 무명, 이강, 그리고 소림 승 진문 정도였다.

당호가 물었다.

"망자비서? 소문으로만 듣던 기서(奇書)가 황궁 지하에 있다는 말입니까?"

"그렇소."

무명이 대답하자, 당호가 수긍이 간다는 얼굴로 고개를 끄덕였다.

"맹주님께서 이번 잠행을 철저히 준비하라 명하신 이유를 알겠습니다."

제갈성이 모두에게 말했다.

"알겠느냐? 이번 잠행은 단지 무림맹을 위한 게 아니다. 중원 전체의 안위가 걸린 일이다."

장청이 제갈성에게 반문했다.

"그럼 좀 더 일찍 말씀해 주셔도 되지 않았습니까?"

"맞습니다. 저희는 그냥 망자와 싸우면 되는 줄로만 알고 있었습니다."

당호도 장청의 말을 거들었다.

"너희들의 심정도, 그동안 들인 수고도 이해한다. 하지만 망자에 대한 정보를 최대한 숨겨야 한다는 것이 맹주님의 뜻이다."

"왜입니까?"

제갈성이 무명을 흘깃 한 번 쳐다본 다음 대답했다.

"망자가 어디에 숨어 있을지 모르기 때문이다."

그 말에 방의 분위기가 다시 한번 바뀌었다.

하지만 방금 전이 시장 바닥처럼 시끄러웠다면, 지금은 정반대로 차갑게 얼어붙었다.

제갈성의 말속에 숨은 뜻이 있었기 때문이다.

그때 지금까지 단 한마디도 꺼내지 않던 자가 입을 열었다.

"무림맹의 인물 중에 망자로 변한 자가 있을지 모른다는 말씀이십니까?"

다들 제갈성의 의도를 속으로만 짐작했지, 함부로 입에 담을 수 없던 질문.

그것을 부맹주에게 물은 자는 소림승 진문이었다.

"그렇다."

제갈성이 대답했다.

그런데 진문은 한마디를 더 묻는 것이었다.

"부맹주님은 혹시 우리 중에도 망자가 있다고 생각하십니까?"

"……."

제갈성은 바로 대답하지 않고 침음했다.

그가 잠깐 입을 다문 것만으로도 분위기는 냉랭하다 못해 살벌해졌다.

지금 모인 열 명 중에 망자가 있다고? 일행은 자기도 모르게 서로의 시선을 피했다.

방 안은 바늘 떨어지는 소리도 들릴 만큼 적막해졌다.

제갈성이 입을 열었다.

"그런 일은 없다고 본다."

일행은 그 말을 듣고서 한숨을 내쉬었다.

그때 이강이 킬킬거리며 끼어들었다.

"후후후, 뭐 하나를 빼먹었군."

"무슨 소리냐?"

제갈성이 묻자, 이강이 검지를 세우면서 대답했다.

"네놈은 단어 하나를 일부러 말하지 않았다. '아직'이다."

"……."

"지하 감옥에 들어가면 여기 모인 놈들 중 적어도 한두 놈은 망자가 될 거다. 아니, 창천육조나 무림삼성처럼 몽땅 망자가 될지도 모르지. 그러니 '아직은 없지만, 나중은 모른다'고 해야 옳지 않겠냐?"

제갈성은 대답 없이 이강을 지그시 응시했다. 방의 분위기는 싸늘한 것을 넘어서 흉흉하게 변했다.

그런데 이강의 말에 대답한 자는 뜻밖에도 진문이었다.

"맞는 말씀이오."

그가 오른손으로 반장을 하며 말했다.

"선배들의 희생이 있었기에 강호는 아직 망자들의 손에 넘어가지 않았소. 이제 우리가 그 굴레를 끝낼 차례요. 아미타불."

진문의 말은 간단하지만 도리에 어긋남을 찾을 수 없었다.

살벌했던 분위기가 단숨에 진정됐다.

이강마저 희미하게 웃을 뿐 그에게 딴지를 걸지 못했다.

"백부님, 그런데 말입니다."

제갈성을 백부라고 칭할 수 있는 자, 제갈윤이 입을 열었다.

"이번 잠행이 중요한 것은 잘 알겠습니다. 하지만."

그가 무명을 보며 물었다.

"황궁 밑의 망자 소굴이 미로와 같은 동혈이라고 했소?"

"그렇소."

"또한 그 넓이가 황궁을 능가할지도 모른다고 했소?"

"맞소."

제갈윤이 다른 자들을 향해 고개를 돌리며 말을 이었다.

"황궁의 폭과 길이는 동서로 이백오십 장(丈), 남북으로 삼백십육 장이오. 그 넓이를 계산하면 대략 일천팔십 무(畝)가 되오."

일행은 놀란 눈을 감출 수 없었다.

일천팔십 무라면 잘은 몰라도 중원의 중소 도시만 한 크기가 아닌가?

제갈윤이 다시 무명을 돌아봤다.

그의 입꼬리가 양옆으로 씨익 올라갔다.

"그 넓은 지하 감옥에서 망자비서를 무슨 수로 찾을 것이오? 장강의 모래사장에서 바늘을 찾는 게 더 쉬울 것 같소만?"

모두의 얼굴빛이 달라졌다.

제갈윤의 말이 정곡을 찔렀던 것이다.

"사지에 무작정 들어가는 것은 잠행이 아니오. 잠행은 목표는 물론, 그걸 이룰 수단과 방법이 명경지수처럼 분명해야 하는 법이오."

그의 말투는 마치 강호의 무명 서생을 훈계하는 것처럼 들렸다.

무명이 대답했다.

"알고 있소."

"알고 있다고? 그런 자가 겁도 없이 만용을 부리나?"

제갈윤이 피식 냉소했다.

그런데 이어지는 무명의 말은 그가 예상하지 못한 것이었다.

"그게 아니라 망자비서가 어디 있는지 알고 있다는 소리요."

"······!"

제갈윤은 떡 벌어진 입을 다물지 못했다.

다른 자들도 놀란 눈으로 무명을 쳐다봤다.

그랬다.

무명은 짐작 가는 제목의 서책을 발견했던 것이다.

서책은 산해경(山海經)이었다.

산해경은 하나라의 우왕과 백익이 쓴 책으로, 천하 각지의 기이한 장소와 그곳에 사는 사람들, 서식하는 동식물을 기록한 기서였다.

특히 세간에서 들을 수 없는 괴력난신에 대한 이야기가 많아 사람들의 흥미를 끌었다.

그런데 서책 중에 산해경의 제오권인 중산경이 있는 것이었다.

무명은 책가도를 암기할 때 느낌이 왔다.

'여기다.'

망자. 혈선충에 뇌를 파먹혀서 목이 잘려도 죽지 않는 몸을 가지게 된 자들.

물론 산해경에는 망자에 대한 내용이 없었다.

그러나 책가도에서 망자처럼 기환(奇幻)적인 내용이 기록된 서책은 산해경이 유일했다.

책장에서 산해경이 꽂힌 위치.

그곳에 망자비서가 있으리라.

무명이 말했다.

"지하 감옥에서 망자비서가 있을 것으로 예상되는 방의 위치를 알고 있소. 그러니 적어도 잠행의 목표는 분명하오."

"……."

제갈윤이 싸늘하게 식은 눈으로 무명을 노려보다가 물었다.

"망자비서가 그곳에 있다고 확신하냐?"

그런데 무명이 고개를 젓는 것이었다.

"못 하오."

"무엇이? 그럼 지금까지 말한 것은 그저 나를 농락하려던 것이냐?"

"그런 생각은 없소. 세상 모든 일은 미리 앞을 내다볼 수 없다는 뜻이오."

"섣부른 궤변이군. 주역에 따르면 내일 일을……."

무명이 그의 말을 잘랐다.

"주역으로 잠행을 할 거면 차라리 점집을 차리시오. 나는 망자비서가 지하 감옥 어디에 있을지 확신할 수 없소. 단지 한 가지는 확실하오. 망자비서를 찾으려면 지하 감옥에 들어가야 하오. 안 가면 못 찾소. 그게 다요."

"네놈……."

무명의 말은 거침이 없으면서도 반박할 여지가 없었다.

다른 사람들은 '점집을 차리시오'라는 말에 씨익 미소를 지었으나, 제갈성의 앞이라 크게 웃음을 터뜨리지 못했다.

그런 분위기를 모를 리 없는 제갈윤은 얼굴이 붉으락푸르락하며 분통을 삼켰다.

제갈성이 손을 들며 말했다.

"그만. 지금부터 잠행 계획을 말하겠다. 필요 없는 말은 삼가라."

"존명!"

일행이 포권지례를 하며 외쳤다.

원래 잠행이란 말은 세상에 모습을 드러내지 않고 일을 도모하는 것을 뜻한다.

하지만 표사나 세작 무리는 잠행을 다른 뜻으로 사용했다.

어떤 비밀 장소나 금지 구역에 들어가서 목적을 달성한 뒤 나오는 것이 강호에서 말하는 잠행이었다.

본격적인 잠행 계획 논의가 드디어 시작된 것이다.

"이번 잠행의 목표는 망자비서다. 즉 가능한 한 망자들에게 들키지 않고 망자비서를 얻은 다음 지하 감옥을 탈출하는 것이다. 망자와 싸우는 것은 필요한 때가 아니면 보류해라."

"알겠습니다!"

제갈성은 가장 먼저 무명을 지명했다.

"무명, 지하 감옥으로 통하는 출입구를 알아냈나?"

"물론입니다."

"그럼 설명하게."

"예."

무명이 일행을 돌아보며 말했다.

"지하 감옥으로 통하는 출입구는 모두 세 곳이오. 하지만 하나는 공사 중이라 사용할 수 없고, 다른 하나는 황궁 밖에 있어서 위치를 알아낼 수 없소. 지금 잠행이 가능한 출입구는 한 군데, 황궁의 수복화원에 있소."

"수복화원?"

놀란 목소리로 질문한 자는 황궁 사정을 잘 아는 송연화였다.

"거기는 폐허나 다름없어진 화원이 아닌가요?"

"맞소. 수복화원의 우물 속에 출입구가 있었소."

"우물이라고요?"

"오래전에 말라서 흙바닥이 드러난 우물이오. 바닥에 지하 감옥으로 통하는 계단이 있소."

"그것까지 알아냈다니, 기가 막히는군요."

송연화는 어이가 없다는 듯이 혀를 차다가 제갈성의 눈치를 보며 고개를 숙였다.

무명이 설명을 계속했다.

"출입구에서 망자비서가 있는 곳까지 가는 길은 복잡해서 말로 설명하기가 불가능하오. 하지만 머릿속에 암기해 두었으니, 문제는 없을 것이오."

당호가 손을 들며 질문했다.

"그럼 암기한 것을 바탕으로 지도를 만들까요?"

"……"

무명은 대답하지 못하고 머뭇거렸다.

다른 자들에게 책가도를 언급하는 게 꺼려지기 때문이었다.

뜻밖에도 제갈성이 무명을 돕는 말을 했다.

"잠깐. 길 안내는 무명에게 일임하고, 지도는 따로 만들지 마라. 명령이다."

"알겠습니다……."

당호가 미심쩍어하는 얼굴로 고개를 끄덕였다.

무명 역시 제갈성의 속마음이 궁금했지만, 일단 설명을 계속했다.

"출입구에서 망자비서 위치까지 가는 데 대략 두 시진이 걸릴 것으로 예상하오. 왕복하면 네 시진이 되오."

"네 시진이면 해가 지고 다시 뜨는 데 걸리는 시간이군. 하룻밤 안에 잠행을 끝마칠 수 있다고 생각하오?"

이번에 질문한 자는 장청이었다.

무명은 고개를 저었다.

"길을 따라가는 것만 두 시진이오. 만약 도중에 기관진식과 함정을 만난다면 얼마나 더 시간이 걸릴지 알 수 없소."

"하룻밤이 아니라 일이 틀어지면 다음 날까지 못 나올 수도 있겠군."

"그렇소."

그러자 잠시 침묵하고 있던 제갈윤이 툭 말을 내뱉었다.

"기관진식 풀이의 기재가 잠행조에 있는데 무슨 걱정이오?"

다른 자들이 흘깃 시선을 돌려 제갈성의 눈치를 살폈다.

그런데 제갈성이 꾸짖기 전에 무명이 제갈윤의 말을 받아쳤다.

"그렇소. 제갈세가의 후기지수가 잠행에 함께하니 모두 든든할 것이오."

"말은 청산유수로군."

제갈윤의 양미간이 살짝 일그러졌다.

그는 무명을 기관진식의 기재라고 추켜세우는 척하면서 딴지를 걸었는데, 무명이 거꾸로 제갈윤을 칭송하니 말문이 막혔던 것이다.

제갈성이 물었다.

"지하 감옥에 있는 기관진식은 어떤 종류인가?"

"방의 개수가 많고 제각각 성격이 달라 짐작하기 힘듭니다. 직접 들어가 봐야 알 수 있을 듯합니다."

그 말은 사실이었다.

사대악인과 함께 탈출했던 기관진식 방은 실로 기상천외했다.

그러나 세 군데 방에 해당하는 서책은 각각 강호집, 천금방, 반야심경 같은 평범한 제목이 아니었던가?

"알겠네."

제갈성이 고개를 끄덕였다.

"무명, 제갈윤. 둘이 기관진식 담당이다. 힘을 합쳐서 잠행조를 이끌어라."

"예."

"분부대로 하겠습니다."

무명과 제갈윤이 명을 받았다.

그러나 무명은 제갈성의 명령이 전혀 의미가 없다고 생각했다.

'저자가 과연 힘을 합치려고 할까?'

그는 속으로 고개를 저었다.

'아니. 제갈윤은 절대 그럴 인물이 아니다.'

잠행 계획의 무명 차례는 그것으로 끝났다.

제갈성이 두 번째로 지명한 자는 그의 조카인 제갈윤이었다.

"윤아야, 모두에게 보여주어라."

그 말에 일행이 궁금한 눈으로 제갈윤을 바라봤다.

제갈윤이 방 한편에 놓아둔 혁낭을 들고 오더니 탁자 위에다 풀었다.

촤르르르. 수십 장이 넘는 두꺼운 종이 더미가 쏟아져 나왔다.

"이게 다 무엇입니까?"

당호가 묻자, 제갈윤이 의기양양한 목소리로 대답했다.

"흑랑비서를 보고 제작한 부적이오."

흑랑비서(黑狼祕書).

흑랑성이 패망하고 일 년 뒤, 무림맹은 한 무명 표국에게 잠행 임무를 맡겼다.

표국의 국주가 사투 끝에 흑랑성에서 갖고 온 기물이 바로 흑랑비서였다.

이후 흑랑비서는 제갈성의 지시에 따라 제갈세가에서 분석에 들어갔다.

그런데 말로만 듣던 흑랑비서의 존재를 지금 제갈윤이 언급한 것이다.

일행의 시선이 흑랑비서에 집중된 것은 당연했다.

"이 부적들은 그 동안 흑랑비서를 연구해서 만든 결과물이오. 제갈세가의 힘이 아니었다면 부적들은 세상에 나오지 못했을 것이오."

제갈윤의 목소리는 득의에 가득 차 있었다.

그때 이강이 반박을 했다.

"웃기는 소리군. 흑랑비서의 부적은 어떤 말코도사가 이미 만들었다."

"뭐라고? 네놈이 직접 보았느냐?"

"보진 못했는데? 보시다시피 나는 두 눈깔이 없거든."

"네놈, 지금 나랑 말장난을 하려는 것이냐?"

"아니. 보지는 못했지만 증거는 있지."

"그게 무어냐?"

"바로 나다."

이강이 엄지로 자신을 가리키며 말했다.

"나랑 일행은 말코도사 놈이 그린 부적 덕분에 흑랑성에서 탈출할 수 있었다. 재물만 밝히는 돌팔이인 줄 알았는데, 누구처럼 입만 산 게 아니라 실력은 있었지."

그 말에 제갈윤이 광소를 터뜨렸다.

"흑랑성에서 탈출했다고? 하하하하! 어디서 개수작을 부리는 거냐? 흑랑성에 들어간 자들 중 다시 강호에 나온 이는 아무도 없다!"

그러자 이강은 크게 한숨을 쉬더니 제갈성을 돌아보며 말하는 것이었다.

"부맹주, 말 좀 해주시지? 내 말이 사실인지 아닌지."

제갈성이 잠깐 침음하다가 입을 열었다.

"그의 말이 사실이다."

"배, 백부님?"

"뭘 더 물어? 설마 제갈세가의 일공자께서 하찮은 사대악인 편을 들겠냐? 후후후."

"……."

제갈윤은 할 말을 잃고 침음했다.

다른 자들도 놀란 표정을 감추지 못했다.

흑랑성에서 탈출한 생존자가 있다는 것도 믿기 힘든데, 그 자가 강호에서 악명 높은 사대악인 중 하나라니!

단지 무명만이 담담한 얼굴로 고개를 끄덕였다.

'이강이 흑랑성을 끔찍이 싫어하더니 그런 과거가 있었군.'

한 번 들어가면 절대 나올 수 없다는 흑랑성에서 탈출한 이강.

무명은 그가 생사의 기로를 거쳤을 거라고 짐작했다.

제갈성이 말했다.

"흑랑비서의 부적은 망자 대비용에 불과할 뿐, 중원 천하 어디에 숨어 있을지 모르는 망자들을 발본색원할 수는 없다. 때문에 망자비서가 필요하다."

창천칠조는 침을 꿀꺽 삼켰다.

제갈성의 말을 듣자 멀쩡한 사람인 척하며 정체를 속였던 구자개가 떠올랐기 때문이다.

"윤아야, 부적의 용도를 설명해라."

"예……."

의기양양하던 제갈윤의 목소리는 한풀 기세가 꺾여 있었다.

그가 부적 한 장을 집어 들었다.

부적은 어른 손바닥 두 개를 합친 크기의 두꺼운 종잇장이었다.

그 위에 글씨도 그림도 아닌 괴이한 도형이 검붉은 색으로 그려져 있었다.

"이것은 산 자의 기척을 없애는 부적이오."

제갈윤이 좌중을 돌아보며 설명했다.

"이 부적을 지니고 있으면 산 자의 기척과 냄새가 사라지오. 즉, 망자들이 코앞에 있어도 부적을 가진 자를 알아차리지 못하오."

"……!"

일행은 누구 할 것 없이 깜짝 놀랐다.

장청이 물었다.

"망자에게 들키지 않으려면 세 가지를 주의해야 한다고 들었소. 호흡, 피 냄새, 희로애락의 표정. 그런데 그 부적이 있으면……."

"상관없소. 무슨 짓을 해도 망자들은 눈치를 못 챌 것이오."

모두가 두 눈을 휘둥그레 뜬 채 서로를 돌아봤다. 이강만이 팔짱을 낀 채 피식 웃음을 흘렸다.

제갈윤이 두 번째 부적을 집어 들었다.

이번 부적에 그려진 도형은 먼저 부적을 거울에 비친 것처럼 거꾸로 그려져 있었다.

"이것은 산 자의 냄새를 나게 하는 부적이오. 먼저 것과는 정반대라고 할 수 있소."

일행 중 한두 명이 부적의 용도를 모르겠는지 고개를 갸웃거렸다.

머리 회전이 빠른 당호가 그들의 궁금증을 풀어줬다.

"그 부적을 망자 하나에게 붙이면, 주위의 다른 망자들이 그자가 산 사람인 줄 알고 달려들겠군요?"

"그렇소. 망자들의 주위를 혼란시키는 데 유용할 것이오."

일행은 자기도 모르게 고개를 끄덕였다.

산 자의 기척을 없애는 부적. 반대로 망자를 산 자로 둔갑시키는 부적.

　두 부적만 있다면 제아무리 망자가 득시글거리는 소굴이라고 해도 그림자처럼 잠행이 가능하리라.

　제갈윤이 세 번째 부적을 설명했다.

　"이 부적은 망자에게 붙으면 절대 떨어지지 않소. 맨살이 아니라 망자가 입은 의복이나 신발에 붙어도 효과는 마찬가지로 적용되오."

　"바닥에 깔아놓으면 부적을 밟은 망자는 발을 못 떼는 겁니까?"

　"잘 맞추었소."

　"망자의 발을 묶는 덫으로 쓸 수 있겠군요."

　"맞소. 망자를 상대할 때 천하무적인 셈이지."

　제갈윤과 당호는 두뇌가 명석하기로 유명한 제갈세가와 사천당문의 후기지수답게 죽이 척척 맞아서 부적 사용법을 얘기했다.

　하지만 무명은 의문이 생겼다.

　'천하무적? 과연 그럴까?'

　부적은 한 장, 한 장이 천하의 기물이라고 해도 손색이 없었다.

　그러나 무명이 생각하기에 부적은 단지 부적에 불과했다.

　'만약 부적이 불타서 재가 된다면?'

철석같이 믿고 있던 부적의 효과가 뜻하지 않은 사고로 사라질 때, 잠행조는 큰 위기에 빠지게 되리라.

하지만 제갈윤과 당호는 그런 걱정은 전혀 생각하지 못하는 눈치였다.

제갈윤의 목소리는 다시 의기양양하게 바뀌어 있었다.

"그러나 천하무적의 부적은 따로 있소."

그가 네 번째 부적을 집어 들었다.

"이 부적은 폭혈화부(爆血火符)라고 하오."

"폭혈화부? 부적이 기병처럼 이름까지 있습니까?"

"그럴 만한 가치가 있소."

제갈윤이 씨익 웃으며 말을 이었다.

"폭혈화부를 붙이면, 망자는 전신의 기혈이 끓어올라 커다란 공처럼 부풀다가 끝내 살이 찢어지며 폭발하오. 그 살점과 핏물은 강한 독혈로 변해서 주변 모든 것을 녹여 버리오. 또한 독혈이 묻은 망자도 곧 폭발하오."

"망자 하나가 폭발해서 독혈을 뿌리면 주위 망자들도 연쇄 폭발 하겠군요?"

"그렇소."

"대단합니다!"

당호뿐 아니라 모든 자가 감탄하는 눈으로 폭혈화부라는 부적을 바라봤다.

한 장이면 주위 모든 망자를 없앨 수 있는 부적. 제갈윤이 망자 상대로 천하무적이라고 자신하는 것도 당연했다.

그때 무명이 나직한 목소리로 물었다.

"가운데 있는 글자는 무엇이오?"

그 말에 모두가 어리둥절한 눈으로 부적을 다시 봤다.

무명의 말이 맞았다.

폭혈화부는 네 귀퉁이에 다른 부적들처럼 괴이한 그림이 그려져 있었는데, 한가운데의 여백에 어린애라도 알 법한 글자가 쓰여 있었던 것이다.

글자는 바를 정(正) 자였다.

"정 자는 부적을 만든 뒤 따로 써넣은 것이오. 부적을 망자에 붙이면……."

무명이 제갈윤의 말을 자르며 말했다.

"정 자의 획이 다섯 개이니, 다섯을 센 다음 폭발한다는 뜻이오?"

"…맞소."

"만약 정 자를 여럿 써넣으면 폭발하는 시각을 늦출 수 있소?"

"그렇소."

제갈윤이 떨떠름한 얼굴로 고개를 끄덕였다.

무명의 예상은 정확했지만, 마음속으로 그를 인정할 수 없었던 것이다.

부적 설명은 그것으로 끝났다.

제갈윤이 탁자 위의 부적을 정리하며 말했다.

"부적은 모두 네 종류요. 모두에게 종류마다 한 장씩, 네 장을 나누어주겠소. 여분의 부적은 내가 소지할 것이오."

그때 지금까지 한마디 말도 없던 자가 입을 열었다.

"고작 네 장씩? 왜 그렇게 적소?"

사내처럼 강단 있는 말투. 하지만 약간 쉰 듯하며 높은 목소리.

목소리의 주인은 창천칠조의 세 여성 중 하나인 정영이었다.

정영이 날카롭게 물었다.

"그리고 왜 이제야 부적을 주는 것이오? 진작 부적이 있었다면 악척산의 희생은 없었을 게 아니오?"

그녀는 얇은 입술을 굳게 다문 모습이, 분노를 가까스로 참고 있는 듯 보였다.

석일객잔에서 악척산의 죽음을 목격했던 장청, 당호, 남궁유도 정영의 말에 동의하는지 굳은 시선으로 제갈윤의 대답을 기다렸다.

그런데 제갈윤은 '흥!' 하고 콧방귀를 뀌며 냉소하는 것이었다.

"흑랑비서가 어떻게 만들어졌는지 아시오?"

"모르오."

"흑랑비서는 종이가 아니라 사람의 가죽으로 되어 있소. 또한 평소에는 백지처럼 보이나, 사람의 피를 흡수해야 비로소 글자가 표면에 나타나오."

"……!"

좌중은 두 눈을 크게 뜨며 경악했다.

하지만 충격적인 사실은 그것으로 끝이 아니었다.

"이 부적들은 평범한 종잇장으로 되어 있으나, 가능한 한 효과를 높이기 위해 글씨는 사람의 피로 썼소."

"그게 정말입니까?"

당호의 문자 제갈윤이 고개를 끄덕였다.

"그렇소. 물론 죄 없는 자의 피가 아니라, 제갈세가가 붙잡아서 단죄한 악인의 피요."

제갈윤이 말 도중에 슬쩍 이강을 쳐다봤다.

"사람 피를 구하는 것은 생각처럼 쉽지 않았소. 강호에 악인이 넘쳐나면 얼마나 좋을까 하고 생전 처음으로 생각했지."

"후후후."

이강은 희미하게 웃을 뿐 대꾸하지 않았다.

"다다익선. 부적이 많을수록 좋다는 것은 삼척동자도 알고 있소. 하지만 이만큼 만든 것도 다 제갈세가의 공인 줄 알고 감사하게 쓰시오."

사람의 피를 써서 만든 부적.

제갈세가의 능력을 의심하는 자는 아무도 없었다.

그러나 동시에 제갈세가의 처사가 지나치게 냉혹하다고 여졌다.

그런데 다들 침묵하고 있을 때, 정영이 그 사실을 지적했다.

"아무리 악인이라 해도 죽여서 그 피를 쓰다니? 네가 그러고도 명문정파의 신분이냐?"

"뭐, 뭐라고?"

제갈윤은 어이가 없는지 말까지 더듬었다.

"네년이 뭘 안다고 감히……."

"닥쳐라! 죽은 자의 육신을 함부로 훼손하는 게 명문정파인이냐? 너야말로 악인이다!"

정영의 목소리에 실린 기백이 예사롭지 않았다.

제갈윤은 입을 살짝 벌린 채 멀뚱히 그녀의 얼굴을 쳐다봤다.

제갈성이 손을 들며 말했다.

"정영의 말이 맞다. 사람의 피를 쓴 처사는 확실히 심했다."

"하지만 백부님! 짐승의 피를 쓰면 효과가 어떨지 망자한테 실험도 못 하는 판에……."

"그만. 한마디라도 더 하면 불경죄를 묻겠다."

"네……."

제갈윤이 고개를 조아리며 입을 다물었다.

제갈성이 좌중을 돌아보며 명령했다.

"중원 천하가 망자들의 손아귀에 넘어갈 위기에 처했다. 부적은 그대로 써라."

"존명!"

"그리고 정영은 작은 일보다 대사를 생각해라."

"제자가 생각이 모자랐습니다."

정영이 대답했다. 하지만 그녀의 얼굴은 여전히 굳어 있었다.

제갈성이 세 번째로 소림승 진문을 지명했다.

"진문, 맹주님께서 보내신 물건을 보여주게."

"예."

진문이 혁낭에서 검은 보자기 꾸러미를 꺼낸 뒤 풀어 헤쳤다.

순간 창문을 모두 닫아서 살짝 어두운 방 안이 드넓은 광장처럼 밝아졌다.

"서장 구륜사의 육안룡(六眼龍)이군요!"

"그렇소."

육안룡은 사람 눈동자만 한 크기의 구슬로, 어둠 속에서 빛을 발하는 야광주의 일종이었다.

보자기 속에는 모두 열 개의 육안룡이 들어 있었다.

"이렇게 쓰는 것이오."

진문이 육안룡 하나를 집어 들었다.

육안룡 구슬은 기다란 천에 붙어 있었다.

그가 천 자락을 머리에 둘러서 묶자, 구슬이 이마 정중앙에 자리 잡았다.

마치 그의 이마에서 빛이 뿜어 나오는 것 같았다.

"육안룡은 보통 야광주보다 몇 배 이상 밝소. 어두운 동혈 속이라도 십여 장 밖의 사물을 분간하는 데 어려움이 없을 것이오."

"손에 들고 있을 필요가 없으니, 고개를 돌리는 곳은 저절로 시야가 밝혀지겠군요."

당호가 감탄하며 말했다.

다른 이들도 고개를 끄덕였다.

지하 깊은 곳을 잠행하는 데 최적의 물건이었다.

그런데 당호가 눈을 가늘게 뜨며 묻는 것이었다.

"말로만 듣던 육안룡이라, 혹시 이건……."

"그렇소."

진문이 당호의 심사를 짐작했는지 고개를 끄덕이며 대답했다

"금강고에서 갖고 온 기병이오."

금강고(金剛庫).

강호인이 말하는 소림사의 삼대비처(三大祕處)가 있으니, 장경각, 나한당, 금강고였다.

장경각은 달마대사가 소림사에 전한 역근경 등의 무공 비급을 보관하는 곳이었다.

또한 나한당은 소림십팔방의 관문을 통과한 젊은 무승, 즉 십팔나한의 처소였다.

마지막 비처인 금강고는 소림승들이 중원의 악인을 무릎 꿇리고 압수한 기병을 보관하는 창고였다.

특히 무림맹이 서장 구륜사와 결전을 벌인 이후, 흑랑성에서 선보인 기병들이 금강고에 있다는 소문이 강호에 나돌았다.

그런데 소문 속의 금강고 기병이 눈앞에 모습을 드러낸 것이다.

좌중의 눈빛은 기대감으로 가득 찼다.

당호가 말했다.

"소문으로만 듣던 금강고의 기병을 드디어 보게 되는군요."

진문은 아무 말 없이 고개를 끄덕였다.

그리고 혁낭에서 세 가지 물건을 꺼냈다.

순간 일행은 양미간을 찡그리며 고개를 갸웃했다.

진문이 꺼낸 기병이 그다지 볼품이 없었기 때문이다.

그것은 투명한 천 꾸러미, 구슬이 달린 기다란 줄, 길고 폭이 좁은 검이었다.

진문이 천 꾸러미를 들며 말했다.

"이건 연투갑(軟透甲)이오."

연투갑은 희끄무레한 천 조각이었는데, 진문이 활짝 펼치자 뜻밖에도 웃옷과 같은 모양이 되었다.

"연투갑은 도검으로 뚫리지 않소. 또한 얇고 부드러워 겉옷 속에 입어도 불편함이 없으며, 재질이 투명해서 남들은 연투 갑을 입은 것조차 모를 것이오."

모두의 눈빛이 달라졌다.

저 얇은 천 조각을 겉옷 속에 걸치면 도검을 막을 수 있다 고?

금강불괴까지는 아니더라도 목숨이 걸린 사투에서 큰 도움 이 되리라.

그런데 진문이 연투갑을 뜻밖의 인물에게 건네는 것이었 다.

"방장님께서 당신은 무공을 모르니 이 연투갑을 입으라고 하셨소."

그는 바로 무명이었다.

무명은 기억을 잃은 지금, 과거 어떤 무공을 수련했는지 알 지 못했다.

때문에 소림 방장 무혜는 그에게 연투갑을 주어 예상 밖의 위험에 대처하게 한 것이었다.

매사에 철두철미한 소림 방장다운 처사였다.

"감사히 받겠소."

무명이 고개를 숙이며 연투갑을 받았다.

일행은 무명이 무공을 모른다는 말에, 연투갑을 받을 만하다고 생각했다.

하지만 진문이 다음 기병을 어떤 자에게 넘기자, 모두는 양미간을 구기며 얼굴을 찌푸렸다.

"이 금성추(金星錘)는 당신이 쓰시오."

진문이 기병을 건넨 자는 이강이었다.

"내가 왜 그걸 써야 하지? 난 두 손으로 충분한데?"

"방장님께서 이 기병은 당신에게 가장 적합할 것이라 하셨소."

진문이 제갈성을 보며 말했다.

"제자, 잠시 무례를 범하겠습니다."

"허락한다."

제갈성이 고개를 끄덕이자, 진문은 금성추라는 기병을 두 손에 들고 자리에서 일어섰다.

금성추는 삼 장 길이의 줄 양 끝에 어린아이 주먹만 한 쇠공이 달린 기병이었는데, 그 모습이 강호에서 흔히 쓰는 유성추와 별반 다를 게 없었다.

그런데 진문이 금성추를 쓰자 일행은 왜 이름이 다른지 알게 되었다.

그가 줄을 잡고 쇠공을 빙글빙글 돌리다가 기둥을 향해 던졌다.

촤르르르… 부웅!

쇠공이 기둥에 강타하는 순간, 그 속에서 세 개의 검날이 튀어나오는 것이 아닌가?

팍! 짐승의 발톱같이 생긴 검날이 나무 기둥을 뚫고 박혔다.

이어서 진문이 손목을 퉁기며 줄을 잡아당기자 검날이 쑥 들어가며 쇠공이 다시 돌아오는 것이었다.

"마음에 안 든다면 굳이 권하지 않겠소."

"크하하하! 내가 줄이나 사슬 무기를 좋아한다는 건 어떻게 알았지? 고맙다고 전해라."

이강이 광소를 터뜨리며 금성추를 받았다.

계속해서 진문은 세 번째 기병인 검을 정영에게 내밀었다.

"이 검의 이름은 척사검(刺邪劍)이오. 맹주님께서 점창파의 검법에 잘 어울릴 거라고 말씀하셨소."

정영은 마지막 남은 기병이 자신에게 오자 당황하며 잠시 침음했다.

그러다가 곧 여인답지 않게 쉰 듯한 목소리로 인사했다.

"감사하오."

정영이 검을 받은 뒤 단숨에 뽑았다. 스르릉.

남궁유가 어깨를 으쓱하면서 한마디 했다.

"뭐 저래? 창은 길수록 좋지만 검은 길다고 다 좋은 건 아닌데."

귀하게 자란 그녀답게 오만한 말투.

그러나 다들 속으로 그녀의 말에 동의했다.

정영이 받은 검은 보통 검보다 한 자 이상 기다란데, 검날의 폭은 좁아서 마치 꼬챙이를 연상하게 했던 것이다.

게다가 척사검이라는 이름은 지나치게 과장되어 촌스러운 느낌을 지울 수 없었다.

일행은 같은 생각을 했다.

'저런 기검(奇劍)으로 백 초식 이상을 싸울 수 있을까?'

무리였다. 백 초식은커녕 십여 초식만 지나면 검날의 이가 빠지고 부러지리라.

제갈윤이 말했다.

"맹주님은 불가의 신분이라 그런지 자비가 넘치시는군요."

그의 말에 가시가 있었다.

무명은 신분도 모르는 한낱 서생이고, 이강은 악명 높은 악인이며, 정영은 무림맹에서 가장 말석 신세인 점창파의 제자였다.

그런데 소림 방장이 하필 세 명을 골라 금강고의 기병을 주었으니, 명문세가의 자제인 그로서는 배알이 뒤틀렸던 것이다.

제갈윤뿐 아니라 다른 자들도 소림 방장의 생각을 이해할 수 없었다.

진문이 가져 온 금강고의 기병은 그렇게 해서 모두 주인을 찾아갔다.

제갈성이 다음 사람으로 당호를 지명했다.

"당문에서는 무엇을 보냈나?"

"몇 가지 갖고 왔는데 대단치는 않습니다."

당호가 방 한편에 있는 혁낭을 가리키며 말했다.

"망자는 죽은 시체라 독이 들지 않을 것 같아서 폭약을 좀 챙겨 왔습니다. 벽력탄, 뇌전탄, 연막탄입니다."

송연화가 깜짝 놀라며 물었다.

"그건 산서 벽력당의 폭뢰가 아닌가요?"

"맞습니다."

다른 자들도 놀란 얼굴로 혁낭을 쳐다봤다.

산서 지방의 벽력당은 폭뢰 제조로 세를 떨쳤다.

그러나 야망이 지나쳐서 화산파에게 도전했다가 일 년간의 쟁투 끝에 멸문되었다.

이후 벽력당의 폭뢰 제조법은 유실되고 말았다.

그런데 눈앞에 벽력당의 폭뢰가 나타났으니, 다들 놀라는 것도 당연했다.

당호의 목소리에 자신감이 배어 나왔다.

"벽력당 팔대당주인 공삼평의 설계도를 보고 만든 것이니, 위력은 의심하지 않아도 됩니다."

그때 이강이 끼어들며 말했다.

"화산파 놈들이 벽력당을 멸문시킨 줄 알았더니 실은 당문도 손을 잡았었냐? 화산파는 땅을 빼앗고 당문은 비법을 챙겼군."

당호가 두 눈을 더욱 가늘게 뜨며 말했다.

"당문이 벽력당 멸문과 관계있다는 증거는 어디에도 없습니다."

"알았다, 후후후."

둘의 대화는 그것으로 끝났다.

하지만 무명은 사천당문이 벽력당 멸문에 일조했다는 말을 믿었다.

이강이 타인의 생각을 읽기 때문만은 아니었다.

강호의 수많은 괴이한 사건 배후에 사천당문이 있다는 소문은 익히 알려진 것이었다.

그밖에도 남궁유는 짐승의 가죽으로 만든 물 자루와 벽곡단을 인원수에 맞게 준비해 왔다.

"지하 잠행이 아니라면 말이라도 수십 필 몰고 왔을 텐데 아쉽네요."

말 수십 필을 한 끼 식사 대접쯤으로 여기는 말투. 사람들은 남궁세가의 재력이 어느 정도인지 짐작할 수 있었다.

제갈성이 말했다.

"장청, 잠행조를 지휘해라. 큰일이 생겼을 때 최종 결정은 네가 내려라."

"존명."

"무명, 지하 도시의 길 안내를 맡기겠소."

"알겠습니다."

"이강, 당신은 망자에 대해 누구보다 잘 알고 있소. 그 경험을 모두에게 전하도록."

"분부대로 하지, 후후후."

무명은 무림맹이 보름 동안 기별을 하지 않은 이유를 깨달았다.

무림맹은 각 문파와 세가에 전서구를 보내 후기지수를 불렀다.

그리고 만반의 준비를 끝마친 다음, 부맹주 제갈성이 직접 상경하여 잠행 회의를 열었던 것이다.

잠행에 준비한 물건도 하나같이 대단한 것들이었다.

흑랑비서의 부적, 벽력당의 폭뢰, 소림사 금강고의 기병.

거기에 무명과 이강을 제외해도 여덟 명이나 되는 명문정파의 후기지수들.

잠행이라기보다 문파 하나를 멸문하러 간다고 해도 믿을 정도였다.

제갈성이 말을 이었다.

"준비는 모두 끝났다. 단지 한 가지 문제가 남았다."

그가 무명과 송연화를 보며 물었다.

"이번 잠행 인원은 황궁 사람인 무명과 연화를 제외해도 여덟 명이다. 그들이 궁에 들어갈 방법이 있겠느냐?"

장청이 한마디를 덧붙였다.

"무당삼검 청일이 죽는 바람에 경비가 더욱 삼엄해진 것 아닌가?"

"꼭 그렇지는 않아요."

송연화가 대답했다.

"황제는 자신의 거처와 내원은 경비를 열 배 이상 강화했어요. 하지만 금위군이 아무리 많다고 해도 수는 제한되어 있죠. 때문에 황궁 외곽은 반대로 경비가 허술해졌어요."

이강이 킬킬거리며 말했다.

"멍청한 새가 맹수를 보자 모래 속에 머리를 파묻는 것 같군."

황제를 욕보이는 그의 말은 대역죄나 다름없었다.

하지만 일행은 강호인들이라 관을 크게 신경 쓰지 않기 때문에 쓴웃음만 짓고 넘어갔다.

송연화가 말을 이었다.

"제자, 최대한 손을 써보겠습니다."

"최대한? 말이 불분명하군. 만약 실패하면 잠행은 시작도 못 하고 물거품이 되오. 열심히 했다는 말 한마디로 책임이 사라질 것 같소?"

딴지를 건 자는 제갈윤이었다.

"오늘 회동하기 전에 미리 방도를 마련해 두었어야 했소. 내 말이 틀렸소?"

"저는 일개 궁녀의 신분이에요. 열 명이나 되는 대인원을 황궁에 출입시키는 게 쉬울 거라 생각하나요?"

"언제는 경비가 허술하다더니, 이제 와서 출입이 힘들다? 곤륜파는 왜 멀리 중원까지 세작을 보냈는지 한심하군."

"뭐라고요?"

송연화와 제갈윤의 목소리가 높아질 때였다.

"황궁에 들어갈 방법이 있소."

"뭐라고?"

"그게 정말인가요?"

"그렇소."

둘이 놀란 얼굴로 말을 꺼낸 자를 돌아봤다.

그는 다름 아닌 무명이었다.

무명이 담담한 눈빛으로 제갈윤을 보며 말했다.

"본인이 이미 방법을 생각해 두었소."

다음 날.

무명은 왕직과 함께 태자를 배알하러 갔다.

그런데 둘을 맞이한 자는 태자가 아니라 환관 수로공이었다.

"무슨 일이냐?"

"태자 전하께 부탁드릴 일이 있어서 왔습니다."

수로공이 무명의 말에 코웃음을 쳤다.

"부탁? 흥, 전하는 고뿔이 걸려서 처소에 계신다. 내게 말을 하면 전해 드리겠다."

왕직이 옆에서 눈짓을 하며 신호를 보냈다. 무명은 무슨 일인지 깨달았다. 쾌청한 날씨에 고뿔이 걸릴 리는 없으니, 태자는 지난밤 격한 방사를 치르느라 자리에서 일어나지 않은 것이리라.

무명은 할 수 없이 수로공에게 얘기했다.

"실은 예전에 수복화원에 갔었는데, 그 일이 심히 마음에 걸립니다."

"수복화원?"

"예. 황태후께서 예전에 수복화원을 즐겨 찾으셨다는 얘기를 들었습니다. 한데 화원은 잡초가 무성하고 정자는 낡아서 곧 부서질 것 같았습니다."

"……."

"화원이 그리된 것을 보자 마음이 아팠습니다. 제가 인부를 불러서 화원을 청소하고 새로 단장하도록 허락해 주십시오."

왕직도 한마디 거들었다.

"저도 얘기를 듣고 눈물을 흘렸습니다! 신하 된 몸으로 어찌 가만히 있겠습니까?"

무명은 속으로 웃음을 터뜨렸다. 역시 왕직을 데려온 것은 잘한 일이었다. 입에 기름칠한 듯한 아첨은 황궁에서 그를 따라갈 자가 없었다.

무명과 왕직이 입을 모아 소리쳤다.

"부디 허락해 주시옵소서!"

"알았다. 태자 전하가 기침하시면 여쭈어보겠다."

둘은 처소 바깥에서 수로공을 기다렸다. 꼬박 반시진이 지나서야 그가 나와서 말했다.

"태자께서 허락하셨다."

"성은이 망극하옵니다!"

수로공은 무명을 한 번 노려본 뒤 몸을 돌려 들어가 버렸다.

무명은 처소로 돌아와서 왕직에게 일을 시켰다.

"인부를 삼십 명쯤 부르게."

"그렇게나 많이요?"

"화원 상태가 형편없었네. 잡초를 뽑고 흙먼지를 쓸어내려면 대인원이 필요할 걸세. 여인들도 열 명쯤 부르게. 정자를 청소하고 꾸며야 하니까."

"알겠습니다!"

무명은 왕직에게 은자를 두둑이 챙겨주는 것을 잊지 않았다. 그가 수로공 앞에서 바람을 넣어준 것도 한몫했으니까.

삼 일 후.

오십 명이 넘는 일꾼과 여인들이 황궁의 북문을 통과했다.

북문을 지키는 금위군은 예전보다 숫자가 많이 줄어든 것은 물론, 기강도 낮아져서 일꾼들을 대충 통과시켰다. 게다가 황은을 입은 부총관태감이 벌이는 일이니, 함부로 몸수색을 벌일 수도 없었다.

그런데 금위군들은 간혹 고개를 갸웃거렸다.

북문을 지나치는 사람들 중에 기이할 만큼 안광을 뿜어내는 남녀가 몇몇 있었던 것이다.

『실명무사』 4권에 계속…

초대형 24시 만화방

신간 100%, 샤워실, 흡연실, 수면실(침대석), 커플석, 세탁기 완비

■ 광명 광명사거리역점 ■

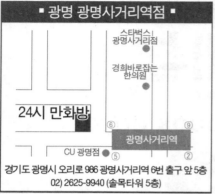

경기도 광명시 오리로 986 광명사거리역 6번 출구 앞 5층
02) 2625-9940 (솔목타워 5층)

■ 강북 노원역점 ■

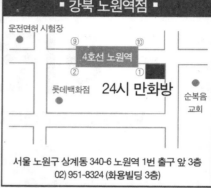

서울 노원구 상계동 340-6 노원역 1번 출구 앞 3층
02) 951-8324 (화용빌딩 3층)

■ 일산 정발산역점 ■

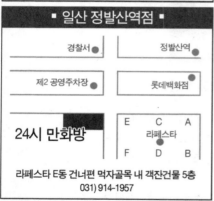

라페스타 E동 건너편 먹자골목 내 객잔건물 5층
031) 914-1957

■ 일산 화정역점 ■

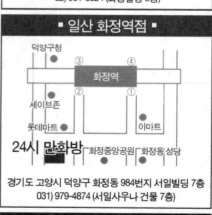

경기도 고양시 덕양구 화정동 984번지 서일빌딩 7층
031) 979-4874 (서일사우나 건물 7층)

■ 부천 역곡역점 ■

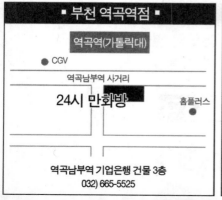

역곡남부역 기업은행 건물 3층
032) 665-5525

■ 부평역점 ■

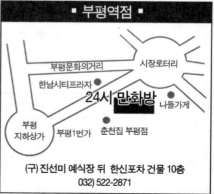

(구)진선미 예식장 뒤 한신포차 건물 10층
032) 522-2871

FUSION FANTASTIC STORY

재능 넘치는 게이머

덕우 장편소설

프로게이머가 된 지 약 반년 만에
세계 챔피언이 된 강민허.
그리고 이어지는 그의 돌발 선언.

"저, 강민허는 오늘부로 트라이얼 파이트 7
프로게이머에서 은퇴하겠습니다."

"로인 이스 온라인에서 다시 한번
세계 최고의 자리에 올라서겠습니다."

**프라이드 강, 강민허.
그의 새로운 도전이 시작된다!**

Book Publishing CHUNGEORAM

유행이 아닌 자유추구 -
WWW.chungeoram.com